蒲 公 英

赵洪生◎著

黑龙江人民出版社

图书在版编目(CIP)数据

蒲公英 / 赵洪生著. — 哈尔滨：黑龙江人民出版社，2017.3
ISBN 978-7-207-10966-8

Ⅰ.①蒲… Ⅱ.①赵… Ⅲ.①散文集—中国—当代 ②杂文集—中国—当代 Ⅳ.①I267

中国版本图书馆 CIP 数据核字(2017)第 059677 号

责任编辑：吴英杰
封面设计：鲲　鹏
书名题字：刘庆海

蒲公英

赵洪生　著

出版发行	黑龙江人民出版社
地　　址	哈尔滨市南岗区宣庆小区1号楼
邮　　编	150008
网　　址	www.longpress.com
电子邮箱	hljrmcbs@yeah.net
印　　刷	北京万博诚印刷有限公司
开　　本	787×1092　1/16
印　　张	17
字　　数	260千字
版　　次	2018年1月第1版　2021年1月第2次印刷
书　　号	ISBN 978-7-207-10966-8
定　　价	50.00元

版权所有　侵权必究　　　　　举报电话：(0451)82308054
法律顾问：北京市大成律师事务所哈尔滨分所律师赵学利、赵景波

蒲 公 英

很长一段时间，我只知道婆婆丁，而不知道它的学名叫蒲公英。这并没有妨碍我对蒲公英的认知和喜爱。

婆婆丁是我认识的最早的野生植物。从我记事时开始，我就认识了与小草为伴的婆婆丁，因为它是可以吃的。刚刚长出来的，因其嫩、因其鲜、因其少，它就成了人的食物。待漫山遍野到处都是婆婆丁的时候，因其多、因其粗、因其易，它便成了家畜的食物。因此，生长在农村的孩子，最早被大人们教会认识了婆婆丁，也最早被大人们赶去挖婆婆丁，五六月份的时候给人挖，以后就是给家畜挖了。

婆婆丁是每年春天最早发芽的植物，和小草一起萌发，但又比小草长得快。也许残雪尚未融尽的时候，婆婆丁就已经感知了春天的讯息，早早地就醒了，并做好了萌发的准备。北方的春天来得很急，一夜的春风，气温可能就升高了十几度，这是婆婆丁"疯长"的温度。几天时间，婆婆丁就长大了，在初春的田间、路边、山坡、草地里绿油油的，十分抢眼，引来前来采挖的大人和孩子们。

婆婆丁的花期也是最早的。婆婆丁春秋两次开花，春季花期很早，是北方开得最早的野花。那些与之相伴的小草尚未长高的时候，婆婆丁便已开出了鲜艳的黄色小花，一点点的，一片片的，非常好看。十几天之后，花茎迅速长高，黄花凋去，茎头上便顶着一个漂亮的白色的小绒球，这就是婆婆丁的果实球。

白色的小绒球像一朵美丽的花,清雅而娇柔。春风一吹,排列有序的小伞挂着种子便飞向天空,随风飘荡,婆婆丁的种子便撒落到很远的地方去了。小的时候,我们特别喜欢去摘婆婆丁的小绒球,然后放在嘴边轻轻地去吹,眼前便飞舞着一片白色的小伞,如诗如梦,心也随之飞向了远方。

有一首非常好听的儿歌,歌名叫"我是一颗蒲公英的种子",传唱了很长一段时间。现在很少听到孩子们在唱,但我却记忆很深,记忆犹新。

> 我是一颗蒲公英的种子
> 谁也不知道我的快乐和忧伤
> 爸爸妈妈给我一把小伞
> 让我在广阔的天地间飘荡,飘荡
> 小伞带着我飞翔,飞翔,飞翔
> 小伞带着我飞翔,飞翔,飞翔

婆婆丁的学名是蒲公英。尽管婆婆丁有自己的学名,在东北大家是只管叫它婆婆丁的,叫得亲切而自然。

蒲公英属菊科多年生草本植物。植物体中含有蛋白质、脂肪、碳水化合物、微量元素及维生素等营养物质,同时还含有蒲公英醇、蒲公英素、胆碱、有机酸等药用营养成分,既有丰富的营养,又能利尿、缓泻、退黄疸、利胆,是药食兼用的植物。

解决温饱、进入小康生活的人们,越来越重视营养了,于是,这极普通的、极易得的、药食兼用的植物便被人们越来越重视了。不仅乡村的人们重视,城里的人们也重视;不仅上得农家的饭桌,也上得豪华饭店的餐桌。也由于人们的普遍需求,种植蒲公英便应运而生,寒冬腊月也可以吃上鲜绿的蒲公英。

尽管大棚种的蒲公英的营养成分差也差不了许多,而且获得也是比较容易的,但我始终还是喜欢和留恋那春天里的野生蒲公英。我已经到城里生活了许多年,自己很难再去郊外挖蒲公英了。我的二舅哥是知道我的爱好的,每年春天都托客车司机给我捎一些野生的蒲公英,我是带着亲情去享受这"异常"珍贵的野菜的。

　　我曾经把我写的一些随笔、散文、游记等集了一个集子,取名《小草集》。因为缺乏一些自信,也只是作为一种纪念性的东西送给朋友们斧正、雅正和惠存了。出乎我的意料的是,这本书还得到不少领导、同志、朋友的好评,觉得能看得下去,也能有点启发。我便又受到了鼓舞,便把过去写的和新近写的一些文字做了整理,又汇了一本集子。我把这本书定名为《蒲公英》,与《小草集》做姊妹篇。

　　这篇小稿就作为这本书的自序吧。

2015 年 4 月 29 日

目　录

记　忆

家乡的感觉　3

我心中的赵光"八景"　5

也说家乡的吃食　8

北树林　11

仓房　15

朝北的小窗户　18

挑水　20

冬天的蔬菜　23

儿时的零食　26

家乡的东山　28

蓝木桥　31

灯光　33

三角泡记　36

沙尘暴　38

我喜欢穿旧衣服　40

小木手枪　42

一把小葱叶 44

煤油灯下的生活 46

钉钉子 48

家庭"牧业" 50

"四级"木匠 52

蝈蝈笼子 54

离奇的经历 56

"红医班" 58

小秋收 60

小时候的路 62

树林就是我们的公园 64

左邻右舍 66

考大学 69

浪　花

我喜欢雨 75

好大的雪 77

跨界的乌鸦 79

麻雀与扫帚梅 82

满天星斗 85

明媚的晨光 87

难得的城中绿意　89
你要什么样的生活？　91
平房和楼房　94
登临七星峰　97
趋势与逆趋势　101
松林四季　104
我心自然　107
五福野游　109
下雨的感觉真好　113
自然环境的平衡　115
柞树　橡树　117
今天你快乐了吗？　120
迎风奋飞的鸟儿　123
把握好心态　125
帮助别人　快乐自己　127
比学赶帮超　129
参观廉政教育展览有感　131
大爱无私　135
端午节　137
甘当左手　140
逛菜市场　142
两年之交的思考　145

清明节　147

我的自知之明　149

五分钱　151

"小确幸"的大作用　154

小烧酒　157

一同走过　一路辉煌　161

学会轻松生活　163

引人入胜的美文　166

追求完美形象　170

莫力达瓦旗文化　172

北极村　178

杂　谈

智商和情商　185

自扫门前雪　188

道德的进步与回归　190

土豪金是什么颜色　195

论土豪金之流行　197

从民工回家过年想到的　200

返璞归真　202

"红豆局长"说明了什么　204

你真的需要这么多钱吗？ 207
权力需要制约 209
文化传承是起码的责任 212
留住历史 214
闲话政绩观 216
需求需要刺激培育吗？ 219
也说"面子" 222
欲望的是是非非 225
帕累托和卡尔多改进 228
创新的方法 230
讲课拾遗 232
关于项目建设的思考 234
不能再靠天吃饭了 236
影视剧的品位和生命力 238
应该治治晚会热 240
国家电视台的公共责任 242
日内瓦电视台印象 246
旅游热漫议 249
闲话旅游发展 253
留得住的乡愁 258

记　忆

家乡的感觉

去年年初我调到省城工作,从黑河到哈尔滨,中途要经过我的家乡——赵光。那是我魂牵梦绕的家乡,那里有我快乐的童年,收获的少年,也是我成长成熟的地方。

由于工作的原因,我往来于黑河——哈尔滨的次数多了。无论是乘飞机、坐火车,还是开汽车,每一次我都会那么热切地期盼着与之相逢,即使是在飞机上,我也会从舷窗上向下看,即使看不到,也会感受得到家乡的。

记得刚到黑河工作的时候,到省城开会的情况比较多,当时黑河还没通航,只能坐火车往返,并且常常是坐白天的火车,于是便常常在火车上与赵光农场相会。如果是从北安赶往哈尔滨,那么火车刚过福安站,我便会一刻不停地盯着窗外,期望早早地看到赵光砖厂,看到红领巾水库,看到赵光粮库,看到赵光烈士墓。这时火车便慢慢地停了下来,我便去看那站台上的人群,寻找熟悉的影子。如果是从哈尔滨赶往北安,那么火车刚过李家站,我便会一刻不停地盯着窗外,期望早点看到六井子,看到大修厂、汽车连,看到场部,看到我父亲工作的单位供应站,看到铁皮的大仓库和水泥的"水楼子"。这时火车就慢慢地停了下来,我便去看那站台上的人群,寻找熟悉的影子。

蒲公英

我在赵光农场生活了近二十年,有两个"家",两个学校,两个工作单位,这六个地方对我都是极为重要的,它们均不在铁路沿线,坐在火车上是看不到的。当火车开动的时候,留在记忆中的家、学校、单位的信息便像电影一样在眼前无幕的空间上演,是那样的清晰,那样的亲切,那样的激动人心!

从黑河调到省城工作以后,我是很希望开汽车往返的,大概就是图个能有机会自由自在地亲近赵光农场吧。大约每次经过,我都不会放弃这美好的机会的,即使没有什么事,我也要"创造"点事停下来,让双脚站在赵光农场这片土地上。而当双脚落地的时候,就像孩子投入了母亲的怀抱,寒天也温暖、泥土也芬芳、草木也有情、房舍也温存、陌生也亲切呢!

每次到赵光,我都会到处走走看看,去寻找过去的影子。如今的变化实在是太大了,再找过去的影子是难上加难了。于是便和朋友,也和自己指指点点的,这里过去是什么,那里过去是什么,有什么事情在这里发生过,我在这里做过什么,等等,如数家珍,如见老友。当然那两个家,两个学校,两个单位是都要去看的,尽管二三得六个地方,也只有一个家还保留着,其他的已经都拆除了,有时我还是要到"遗址"去看看,似乎这些地方保留了过去的"全息"影像,正在遗址上空演绎着。

有时到赵光我会约上几位老同学聚一聚,一起回忆儿时的玩耍与欢乐,学生时代的调皮与恶作剧,一起谈论谁在做什么,谁富有谁贫困,谁的孩子有出息,谁的孩子不争气等等,都很有趣,都是共同的话题。

赵光农场是我的家乡,家乡的感觉原来就是你常常想起并渴望亲近的土地,就是听到了便会激动万分、备感温情的称谓,就是在记忆中那些零零碎碎鲜活有趣的回忆,就是熟也亲近生也亲切的乡音乡情,就是思想追随,身体回归的方向。家乡的感觉就是:我是游子,我是树叶,我是儿子啊!

2012 年 10 月 29 日

我心中的赵光"八景"

"谁不说俺家乡好"道出了人们的家乡情怀。说家乡好是要有事实为证的,那便是家乡的山好,家乡的水好,家乡的物好,家乡的人好了。

每次回山东老家我都能获赠一两本书,都是介绍家乡的书,诸如《夏津县志》《夏津文史资料辑》《齐鲁八景》等等。这些书都是家乡政协的领导主编的,特别是《齐鲁八景》这本书,集齐鲁大地景观之大成,诗画并茂,引人入胜,真是一本好书。

其实各地都有各自的好景,但却并不一定就是八个,有三个五个的,有十个八个的,当然也有几十个上百个之多的。古时候,为了推其精、求齐整,各地便都以八为数来推介自己最有特色的景观。

我的出生地在山东省夏津县,但是由于出来得早,大脑里根本就没有最初的记忆,所以夏津县大概只能算是我的故乡吧。我真正可以在内心中称作家乡的应该是我的成长地赵光,从3岁到22岁,我在赵光生活了整整20个年头。

赵光是一个人口三四万人的场镇合一的地方,场部和镇中心合在一起的人口大约一万多人。赵光农场创建于1947年,赵光村要早一些,历史也不是太久。赵光虽然地处丘陵地带,但并无真正意义的山,也没有像样的河。因此,要让我们归纳推出世人认可的赵光"八景"是不可能的。

蒲公英

我是十分热爱我的家乡赵光的,在那里留下了许许多多的美好记忆。在这许许多多的美好的记忆中,是有许许多多的地方做支撑的,这就构成了我心目中的美好的景观了。我"精选"八处,是为我心中的"赵光八景"。

八景之一——西大门牌楼。这是一座砖砌的牌楼,四柱三跨,简约典雅,门额上刻有"國营趙光農場"六个字,是王震将军的手书。在我心中,这就是赵光农场的标志性建筑。

八景之二——蓝木桥。这座桥坐落在贯穿南北的主街道中间部位,因从西向东流着一条季节性无名小河而构建。建筑材料为落叶松,桥的栏杆漆为蓝色。与之相邻的东面是一片松树林和一大片草地,构成了有林、有草、有水、有桥的一幅风景画。蓝木桥是这幅画中唯一的人文景观。

八景之三——松树林。在那座蓝木桥的东侧、小河沟的北侧有一片三十余米宽,三四百米长的人工松树林。夏天的时候,松树林郁郁葱葱,走在树林里,脚下软软的,头上透过树枝流着蓝天白云。有许多鸟儿在林间欢唱飞跃,有各色的蝴蝶在林间翩翩起舞。这就是赵光的森林公园,也是儿童乐园。

八景之四——赵光农场职工医院。赵光农场职工医院既是农场的医疗卫生中心,也是一个富有特色的建筑。主体建筑四四方方的,还建有一个圆圆的屋顶,大概是取天圆地方之意吧。

八景之五——赵光火车站。赵光火车站是一个标准的小火车站,所有建筑都涂着土黄色。赵光烈士是在出站口处被土匪打死的,这里是赵光烈士的殉难地,车站也是以英雄的名字更名的。

八景之六——赵光烈士墓。赵光烈士墓就在赵光火车站里的火车道旁。半圆柱形的烈士墓前立着一座烈士纪念碑。每年清明节,人们便成群结队地到这里扫墓,缅怀烈士,接受革命英雄主义教育。

八景之七——农场职工俱乐部。这是一座面积并不大的建筑,造型虽没有明显的特色,但却极具魅力,因为这里经常有文艺演出,能放电影,常常是人头攒动,热闹异常。

八景之八——水塔(水楼子)。这是日伪时期建的火车站的附属设施,钢筋混凝土圆形建筑,高约三十余米,是当时赵光农场最高的建筑物。

现在,这"八景"已有三景被拆除,松树林也已经残缺不全,但愿其他的"四景"能够得到保护,而且长久地保留下去,给我们这辈人留一个念想,也为赵光留一点历史。

2013 年 3 月 16 日

也说家乡的吃食

我刚刚看完迟子建老师的散文《故乡的吃食》,感到很亲切。迟子建老师的家乡离我的家乡尽管有几百公里之遥,但大体上是属于一个地域的,不仅吃的大体相同,就连生活习惯也是大体相同的。

我很羡慕迟子建老师,她小时候能吃月饼吃得牙疼,而我却多么渴望能多分到一块月饼啊。我小时候的生活应该是比较艰苦的,尽管没挨着饿,也仅仅是吃得饱而已,既谈不上丰富,也谈不上多样。毛主席曾号召要"自己动手,丰衣足食",这话虽然是讲给八路军的,但在新中国成立初期,这话还是有着现实意义的,很多人还是要靠自己动手去解决吃得饱、吃得好的问题。

那时,大家住的都是平房,房前屋后都有点菜园子,夏天里吃的菜大都是产于自家房前屋后的小菜园。

春天来了,土地渐渐地融化了。当土地融化超过一锹深的时候,我们是要翻地的。翻地不用犁,而是用四股叉或铁锹,一叉一叉、一锹一锹地把土翻过来,再把成块的土拍碎了。然后,就用镐起垄,或者叫"备垄",备好的垄准备种各种蔬菜。

在房前屋后的菜园子里种的菜,都是东北的"时蔬"。种时蔬是要讲究时间的,要按季节种。我记得种得最早的应该是叶菜,包括小白菜、生菜,水萝卜的叶也是可吃的,因此也和白菜、生菜一起种。叶菜季节性很强,一般是种在垄沟里,目的是不影响垄上再种黄瓜,豆角等别的蔬菜。

尽管最先种的是这些叶菜,但小菜园里最先能吃的却不是它们,而是韭菜和葱。因为韭菜和葱是越冬的,在前一年的秋天,甚至更早一些时候就已经种在地里了,特别是韭菜,属于多年生草本植物,割了一茬又一茬的,似乎是可以永远地割下去的。春天一到,韭菜和葱就先发芽"疯长"起来,别的菜籽还没下地,韭菜和葱就可以吃了。

我特别喜欢白露葱,细细的,长长的,绿茵茵的,有点辣,但又有点甜,好吃极了。

种在房前屋后小菜园里的蔬菜大体有黄瓜、豆角、茄子、辣椒、柿子、葱、蒜、韭菜、角瓜、菠菜、芹菜、香菜等等,当然也包括上面提到的小白菜、生菜和小水萝卜。除此之外,也许会种一点菇蘘、向日葵什么的,这大体上是可以算作奢侈品的。

在这房前屋后小菜园里种的蔬菜,我是最喜欢西红柿和黄瓜的。在水果奇缺的年代,西红柿和黄瓜是可以替代水果的。每天放学到小菜园里摘根黄瓜,摘个西红柿,也不洗就吃了,比现在吃西瓜、香蕉还香甜呢。

除了这房前屋后小菜园里的蔬菜,在大自然中,还有许许多多好吃的东西,有长在林子里的,有长在草地里的,也有长在耕地里的,甚至还有长在植物上的,有的甚至就是农作物本身。东北地大物博啊,是饿不死人的,只要你勤快一些,大自然是可以保障你的生活的,要不然怎么有成批的闯关东的人呢。

在树林子里有许多被称为山珍野味的食物。能称得上山珍的是蘑菇、木耳、猴头、蕨菜、老山芹等等。能算得上野味的则有野鸡、山兔、狍子、野猪、飞龙等等。除此之外,林子里还有榛子、山核桃、山梨、山丁子等干果和水果。

在草甸子里可吃的东西似乎并不多,但却是极具诱惑力的。一种叫黄花菜,味道鲜美,营养丰富,是做打卤面的好食材。六七月份的时候,草

蒲公英

甸子里开出一片片的黄花,既漂亮又诱人。采一些晾干了备用,既防止腐烂,又消除了它的微小的毒性。还有一种"高粱果",实际是野草莓,其味香甜适口,大约在七八月份的时候,高粱果就成熟了。高粱果是比较好找的,因为在几米、甚至十几米之外你就可以闻到它浓浓的、清幽的香甜味。最普通但又是最有价值的野菜是婆婆丁,学名蒲公英,它是与小草一同生长的,是可以最早上餐桌的野菜,也是人们最喜欢吃的蘸酱菜。现在城里的人,已经开始吃大棚里种的蒲公英了,但这种种出来的蒲公英已经没有多少野菜的味道了。

由于山野菜的珍贵,人们便开始了人工培育和大面积种植,但是生存条件的改变,一定会改变它的品质,甚至也会降低它的营养价值。自然界似乎有如此的规律性,生存环境恶劣的品质极优,数量稀少的营养丰富。换言之,长得越快、产量越高的,品质越差、营养越少。是不是如此?我没有做过定量分析,只是对现象的一般归纳,信不信由你了。

在庄稼地里也有一些能吃的野生植物,有可蘸酱吃的"曲麻菜",有像都柿果一样的黑幽幽。曲麻菜学名苣荬菜,味苦、性寒,有清热解毒之功效。黑幽幽又名野葡萄,学名龙葵,味甜汁多,也很有营养,多生在土豆地里,是要到初秋以后才能成熟的。还有秋天的玉米秆,孩子们也叫"甜秆",剥去硬皮嚼着吃,既脆又甜。像我这样年龄段的人,大概都有过嚼"甜秆"的经历,甚至也都有被"甜秆"的硬皮划破嘴唇的经历的。

这些大自然馈赠给我的珍贵礼品给我们留下了太多美好的记忆和回味,远比现在餐桌上的海参、鲍鱼吸引人呢!我觉得物质太过丰富了,事物可能就会走向反面,就很难找到物质匮乏时的美好感觉了。

2012 年 11 月 5 日

北 树 林

一

　　大约我十一二岁的时候,我家搬到赵光农场最北面的地方,尽管是土房换成了砖房,但是我却更多地感到了偏僻和孤独。

　　新房的北面是一条很宽很平的大马路,再往北便是一大片树林了。刚搬进新房的时候,正是寒冬腊月,毫无生机的灰暗的树林伴着洁白的雪,更加重了寒意。到了晚上,从树林上空滚过来的寒风把北窗刮得瑟瑟发抖,玻璃上便结上了厚厚的冰霜,把整个屋子笼罩在浓浓的寒气之中。

　　一天早晨,我龟缩在被窝里不肯出来。母亲起来生起炉子,满屋子的烟呛得我喘不过气来。等烟慢慢地淡了,屋里便慢慢地暖了,结满了霜的窗玻璃也开始慢慢地从上到下融化,渐渐地有一条可以透光的小缝了。我裹了被子,从这融化了的小缝向外张望。那条大马路静静地躺着,路面已经被雪严严地覆盖,路边的沙料堆也变成了一个个雪包包。雪已经掩盖了马路的边沟,只留下隐隐的痕迹。太阳还没有出来,远处的树林子朦朦胧胧的。单调的景色太乏味了,我转身重新躺在被窝里,在温暖中孤独着。

蒲 公 英

正是放寒假的时候,作业已是早早地完成了。我清醒地记得那天早晨无聊孤独的我走出家门的情形。

刚刚搬家过来,院子里乱乱的,横七竖八地散着什物。太阳已经出来了,晨光斜斜地照过来,反射出刺眼的白光,也投下长长的影子。看不到一个小孩子,看到的大人们也都是陌生的。

我迎着凛冽的寒风来到北大道上,双手捂住狗皮帽子,像一条直立的小黑狗,站在白白的雪路上向北眺望。阳光洒落在那片树林上,黄色的柞树叶子闪着光亮,大概是含着洁白的雪吧?白色的桦树泛着光彩,亭亭玉立。阳光把枯了的树林子打扮得流光溢彩了。我的小脸冻红了,心却不再孤独了,北树林已经走进了我的心里。

二

寒冷的冬天终于过去了,孤独的我也已结识了许多新的小伙伴。

残雪渐渐地融化,北树林迎着春风泛出了绿意,林下枯草里钻出来尖尖的、嫩绿的草芽儿。啊!是婆婆丁。

约了小伙伴,提一只篮子,握一把镰刀头,一棵一棵地挖着婆婆丁,不多时篮子便满了,拎回家里洗干净端到饭桌上,换来母亲一句夸奖,心里美得比吃蜜都甜。

北方的春天很短,转眼就到了夏天。北树林变得枝繁叶茂、密密实实的,站在树林边往里看,阴森森的,好长时间我都不敢独自往里进,只能结伴进去玩。

鸟儿是以林为家的。北树林里有很多种鸟儿。走进树林里,常常惊起树上的鸟儿扑棱棱地乱飞。我最喜欢站在树林里静静地听,树叶沙沙地响着,小鸟儿吱吱地叫着,布谷鸟声此起彼伏地回荡着,真的令人心旷神怡。

林下生长着品种繁多的植物,大都叫不上名来,但是"酸沫浆"、高粱果、托盘却长久地留在我的记忆里。

"酸沫浆"似乎是音译的,小的时候大家都这么叫,上网查也没查出学名是什么。酸沫浆长着长长的叶子,春天嫩的时候,茎和叶都可以吃,很酸很酸的。北树林边的野草丛里有很多酸沫浆,采一把放在嘴里嚼,酸得直晃脑袋,现在想起来还满嘴生津呢。

高粱果也称东方草莓,蔷薇科,草莓属,野生,多长在山坡、林缘和草丛中。北树林有一条贯穿南北的不宽的草塘沟,林缘的草丛里生长着很多高粱果。大约8月份的时候,高粱果便逐渐地成熟了,绿色的果子先变成粉红的,然后又渐渐变得鲜红,放进嘴里就化了,浓浓的果香一直甜到心里。

我和小伙伴常常到北树林采高粱果。高粱果很矮,果子又在叶子底下,要弯下腰、甚至跪在草地上,用手扒拉开叶子才能找到果子。每采到一棵高粱果都有点激动,有点心花怒放呢。

有一天中午,我独自顶着炎炎烈日去采高粱果。采了一把以后,坐在草地上,先吃小的,大的舍不得吃,留着带回家孝敬父母。我现在也是最爱吃草莓的,只是现在的草莓味远没有高粱果那么香甜了。

托盘到了秋天才成熟,甚至落了雪还能找到。托盘通红通红的,圆圆的粒、薄薄的皮、满满的浆,晶莹剔透,酸甜可口,十分诱人。托盘很少见,我也没吃过多少,记忆的深刻就来源于稀少珍贵吧。

北树林陪我走了一个四季轮回,我已不再孤独,也不觉得新家偏僻了。北树林成了我的乐园。

三

在我上大学之前,我一直住在这里,没再搬过家。随着年龄的增长,我在北树林里也有了更多的收获。不记得哪一年,我开始养羊。先买了一只小母羊,第二年下了两只小羊羔。年底小羊长大了,元旦宰一只,春节宰一只。来年母羊再下两只小羊羔,如此重复了许多年。当时我家经济困难,就是靠我养羊来解决吃肉问题的。

从春天青草出来开始一直到初秋野草羊不能吃了为止,每天早晨上学前我都牵着三只羊到北树林边拴好,下午放学后再去北树林牵回来。露水常常把鞋和裤腿湿透了,一上午才能干,挺苦的。这是一种责任,沉甸甸的;也是一种希望,苦便是乐了。

北树林里柞树很多,秋天的时候,满树的橡子,用棍子使劲敲打树干,成熟的橡子就哗啦啦地落下来。捡起来装在麻袋里,背回家倒在地上,晒干了去皮,便可以送到土产站换钱。每年的这个时候,我都去北树林"秋收"。不用春种,也不用夏管,只管收获,岂不快哉。

秋尽冬来,林下落了一层厚厚的枯叶子,可以做柴火用。用耙子搂成堆,再实实地装进麻袋里,背一袋、挑两袋地运回家,倒在柴栏里,如此这般,便轻松地解决了一部分烧柴问题。

靠山吃山靠水吃水,靠林也可以"吃"林呢。

四

"文化大革命"开始后,林业管理松懈了,偷林子的人越来越多。终于有一年的冬天,整个北树林被偷光了,留下一片高高的树桩子。那一年,我已经长大了,有了更多的事情要做,似乎已经和北树林疏远了,对于北树林的消失并没有感到悲伤。

现在岁数大了,特别愿意回忆过去的事情,北树林便常常地出现在我的脑海里。每当回忆起北树林的时候,都是以高兴开始,以忧伤结束。

2012 年 10 月 4 日

仓 房

在农村生活,少不了许多家什要用,其中大多是干农活的,如铁锹、锄头、镐、耙子和镰刀啊,等等。而且有的还不止一把,尖铁锹就可能有好几把。

过去农村的房子大都是很小的,除了住人基本就放不了多少东西了,包括吃的、用的等等,都要找一个存放的地方。于是,几乎家家都要在院子的一侧搭一个仓房。我之所以用"搭"字,是因为这仓房多半不是用砖坯垒的,而主要是用旧板子、板皮、树条子等"搭"的。房盖起初是用苫房草苫的,后来有了油毡纸,便用一些旧的油毡纸"拼"一个房盖。

有了这样一个仓房,家里的家什,一些粗粮、旧物,总之是不太珍贵的东西便都放进去了,家什物品不再是风吹雨淋了,那些粗粮、旧物也省得挤在住房里了。

家家都有这么一个仓房,但"档次"也是不尽一样的。有的用材讲究一些,用了一些好一点、像点样、但又不能做家具的板子,仓房便比较齐整,也比较严实。有的就不行了,歪歪斜斜的,又透风又漏雨的。但是即便如此,这仓房也是能起很大作用的,也是极其必要的。

从外面看仓房大体就能看出一个家庭的状况。家境好一点、坏一点大体上和仓房的档次相一致。好一点的仓房,大体上是主人家过得比较

蒲 公 英

富裕一些,朋友也多一些,能得到更多的帮助,弄一些好的材料来搭仓房。而那些东倒西歪、透风漏雨的仓房,大体上是主人家过得比较拮据一些,朋友也可能比较少,显得孤独贫寒。

从仓房里面是能看出一个家庭的管理水平的。整整齐齐、井然有序的,乱七八糟、七零八落的,都反映着主人的能力和风格。

我家在赵光四委居住的时候,搭了一个比较大一点的、南北长一些的仓房,在北面开着一个门。由于我父亲在供应站工作,弄点好一些的板皮比较容易,加之父亲是木匠,我家搭的仓房是很好的,左邻右舍,前家后院的,顶数我家的仓房好。

我家的仓房,搭建归父亲,管理则归母亲。母亲人厚道,但持家似乎并不十分在行,所以仓房里比较乱,要想去找点东西,经常是要翻个遍的。我那时还小,只知道用仓房,而不知道去管理仓房,而且常常因找东西把仓房搞得更乱了。

十一二岁的时候,我家搬到北岗(五委)居住,房子是新建的砖房,面积是36平方米,在赵光工人阶层里算是最好的住房了。有了这样的住房,也还是要搭一个仓房的。于是在我家还没搬过去的时候,就搭了一个仓房,以便把这边仓房里的东西直接搬进去。这是一个东西方向的仓房,在北面的一侧开了一个门,还在门的一侧开了一个窗户,似乎档次稍稍地提高一些。管理仍然是归母亲的,因仓房的面积大了,而且住房面积也大了,仓房便显得空了一些,也显得不那么乱了。

我是很喜欢仓房的,随着年龄的增长,我便渐渐开始管理起仓房了。先是东挪西挪地归归类,以便找东西的时候方便一些。后来,又在仓房里搭了架子,把东西和工具摆放得整齐一些。再后来,我的木工本领便相当地"了得"了,就自己动手重新搭了一个房盖起脊的仓房,里面规规矩矩地搭了架子,还做了一个方方正正的箱子摆在里面装零碎东西。这样一来,这仓房便上了个档次,外面看像一间小房子,里面看也十分规整。仓房的面积更大了一些,我在里面搭了一个做木工活的案子,平时可以放点东西,要做木工活的时候把东西拿走就可以了。记得有一个夏天,天气实在是太热了,我就把被褥拿到仓房里,铺在木工案子上,在仓房里睡了大半夜。

  我爱人也特别喜欢仓房,而且喜欢把仓房整理得井井有条的。据说她同意嫁给我,还是特别看中了我的这一点呢。只是后来我并没有如她的愿,仓房搭得是蛮好的,但是没有时间总去管理它,里面也显得比较乱,她便直呼上当了。

2013 年 1 月 19 日

蒲 公 英

朝北的小窗户

在我的记忆中,我家在赵光住的第一个房子是一栋泥草房,南北朝向,东西方向共有七八户人家,我家住在西数第三家。

我家住的是独门一户的"一屋一厨",一进门就是"厨房",有做饭的锅台,锅台北面有一个能储点东西的小空间,放点粮食、烧柴什么的。过了锅台有一扇门,通向里屋。进了里屋是一块空地,大约有七八平方米。南面是火炕,南墙有一个比较大的窗户,西墙边放着一对柜子,北墙边放着一张桌子,桌子上面的北墙上有一个不大的方形的小窗户,可以看到北面很远的地方,因为当时这栋房的北面还没有几栋房子呢。

南面的窗户尽管很大,但院子很小,而且有一个仓房挡住了视线,只有这朝北的小窗户能看得很远,常常给我带来一些惊喜和精彩的情形。

在我家这栋房的北面紧连着一小条田地,按各家房子东西边界分属于各家利用,就算是自家的小菜园子了。这朝北的小窗户正对着属于我家的那片小菜园子。每年春天开始,在这片小菜园子里都会种上黄瓜、豆角、辣椒、芹菜、西红柿等等,在杖子边上还要种上一些向日葵、玉米。待小苗长出来以后,我经常扒在小窗户前面,仔细地观察小苗的生长情况,特别是等到有黄瓜开花结果以后,几乎是天天要趴在窗口看的,看着小黄瓜纽一天天地长大,盼着小黄瓜纽一天天地长大。

我特别喜欢下雨天趴在小窗口去观察雨中的情形。我印象极深的一次,是我和姐姐一起趴在小窗口边看外面雨中的景色。雨下得很大,豆大的雨点打在黄瓜叶子上,嫩绿的叶子伴着哗哗的、吧嗒吧嗒的雨声,一颤一颤地上下抖动着。向日葵的叶子大,雨点打在上面水花四溅,似乎能听到噼噼啪啪的响声。不一会儿,垄沟里就有了明水,渐渐地水多了起来,并向北面流出去。抬头望去,东边的大道上有人在雨中艰难地行走着,没有雨伞,没有雨衣,只披着一条麻袋。那时不少人家是没有雨衣的,只能用麻袋代替雨衣。用麻袋代替雨衣只能顶一阵,一会儿,麻袋就透雨了。

　　冬天的时候,小窗户早早地就被冰封了。那时的天也冷,火烧得也少,小窗户上的冰不仅融化不了,而且越来越厚,小屋也便失去了生机,黑黑的、冷冷的、静静的。

　　待到过年的时候,家里买来年画,便在小窗户上贴上一张,营造一个新的景色,给小屋增添一抹亮丽。

　　那时的居屋大都是简单的,黑暗的,于是也便是枯燥的,静止的,单调的,是这个朝北的小窗户给小屋带来了外面的世界,外面的世界是精彩的。

2012 年 10 月 17 日

蒲 公 英

挑　水

　　现在无论是在城市,还是在农村,人们都吃上了自来水,打开水龙头,清清的水就哗啦啦地流出来了,费的只是吹灰之力。我小的时候,自来水还没有普及到我们的农场,挑水是每个家庭每天的一件不大不小的事。

　　我家搬到赵光农场五委以后,记得我家周围只有一眼井,在"老头队"前面,离我家有三四百米的距离。后来,五委这一片又相继打了几眼井,有个离我家很近,就在我家前栋房的西头,但这口井用的时间不长就塌了。家属大队的后面也打了一口井,离我家也不远,大约二百米左右吧。

　　"老头队"队的那口井后来改成了机井,定时泵水,每担水要收一分钱。人们要先买好水票,到泵水的时间才能去挑水。由于井少人家多,每次泵水之前,都有很多的人排队等着接水。排队排的不是人,而是水桶,一对一对的水桶一字长龙地排开去,长的时候有五六十对,排出去二三十米远。

　　家属大队的那口井一直到我上大学以后才改为机井,我上大学之前一直是靠摇辘轳把提水的。人多的时候,大家也不排队,但也都守着一个先来后到的顺序。有时候谁有急事便可以先去提水,年轻的也常常让上了年纪的叔叔大爷们先去提水,很少见到争抢的场面,几米井台倒是一个挺和谐的氛围。

我小的时候,家里挑水的任务多半是由我娘负责的。十二三岁的时候,我开始承担家里挑水的任务。由于身体还没有长高、长壮,开始的时候只能挑半桶水,而且要把扁担绳在扁担上绕一圈,否则就挑不起来。由于年龄太小,父母不允许去家属大队的井挑水,只能去老头队的井花钱买水。由于劲不足,三四百米的路程也要歇几回才能到家。那时家庭一天的用水量不大,如果不是赶上洗衣服,每天一挑水就足够了。我的任务就是一天去挑两次水,实际上是一挑水。

年龄渐渐地大了,长高了,也长力气了,挑水不用挑半桶了,也不用绕扁担绳了,不记得从哪一天开始,从老头队把一整挑水挑回了家,我知道我已长大成人,可以承担更大的责任了。

我和同学项学通是好友,两家很近,俩人几乎形影不离的。不知什么时候我们俩开始一起挑水,装满一家的水缸,再去装满另一家的水缸。挑完水便把两副水桶放在一家,明天再去挑水。每天都要挑水,每天都保持水缸是满的。如此这般地好像坚持了三四年的时间。

赶上旱的年份,大家用水浇地,常常把井水提干了,不得不到更远的气象站、汽车大队去挑水。水是生活的必需品,一天也是缺不得的,再远也得去挑。

北方的冬天时间长,井台上布满了冰雪,脚下很滑,摇辘轳提水也是挺危险的事。有一次我脚下一滑,仰面倒在井台上,双手还紧紧地握着辘轳把。要是撒手了,结果可能就相当惨了。

提水的时候,要先把拴好的水桶放到井里去,然后一圈一圈地放辘轳把,直到水桶接触水面。有的人嫌一圈一圈地放费事,便撒了手,辘轳把转一圈用手接一下,转一圈接一下,等水桶到水面了再一把抓住辘轳把。快是快了,但也确实需要有一把子劲才可以控制住的。

挑着一担水走路,人们一般都是一路小跑的,既省力,速度又快。事实上,你想一步一步地慢慢地走那是不容易的,是需要很大的力量去控制的。杨春大爷家的大孩子当兵回来,壮壮的,一米九的个头,一挑水挑在肩上好像挑了一根"鸡毛"。他挑着一挑水,若无其事似地慢悠悠地往前走,像散步一样,真的是很酷,很潇洒的。于是我也稍稍地学他的样子,挑着一挑水慢悠悠地走。但是,潇洒不了多远,就得改一路小跑了。分量不够力量不够,装装可以,实践就不行了。

现在的人们都不用挑水了,但也没有了挑水的经历。

2013年2月24日

冬天的蔬菜

黑龙江的冬季漫长,在没有大棚技术以前,除了白菜、土豆、萝卜等之外,我们是很难吃到新鲜蔬菜的。我小的时候,为了使这几样蔬菜能够在冬天里不烂,人们是想尽了一切办法的。说是想尽了办法,实际上也就屈指可数的那么几种。

第一种方法是做干菜。做干菜常用的蔬菜有豆角、角瓜、黄瓜、倭瓜、萝卜等等。做干菜就是去除蔬菜里的水分,那时还没有烘干设备,只能靠自然晾晒的办法。干豆角有两种做法,一种是切丝晾干,另一种是先把豆角煮熟了再晾干。做角瓜条的方法很有意思,先把角瓜做成瓢状,把镰刀放在凳子上,用双手握着角瓜在刀刃上旋转,切成长长的角瓜条,然后编成像大姑娘辫子一样的辫子,挂在棚栏或屋檐下晾干,一串串的,就像大蒜辫子一样。做干黄瓜片的时候,是要把切好的黄瓜片拌上草木灰的,用草木灰吸取黄瓜片过多的水分,然后再去晾干,这样晾晒黄瓜片就不容易烂了。倭瓜和萝卜都是切条直接晾干的,方法比较简单。这些干菜基本保留了原来的营养成分,但味道则发生了很大的变化,有的和青菜的味道是大相径庭的。这是因为蔬菜在脱水的时候,细胞组织结构也发生了一定的变化,所以无论味道,还是口感也就都发生了很大变化。变化最大的是角瓜条,已经没有鲜菜时的任何味道和口感了,也可以说角瓜条已经没有"自我"了，和什么放在一起做菜就什么味了。

　　第二种方法是腌制。除了咸菜之外，主要是腌制酸菜，也就是我们常说的渍酸菜。渍酸菜的"工艺"并不是很简单的。首先是要把从地里收回的大白菜放在阳光下晒几天，去去水分。接着就是要把大白菜"打扫"干净，切掉根、去掉老帮和干叶子。渍酸菜的水缸要清洗干净，不能沾油，沾了油的缸渍酸菜容易腐烂。正式积酸菜的时候，先烧一大锅开水，把打扫好的白菜放到锅里烫一下，然后装摆到缸里。装菜时要尽可能摆得紧一些，装两层后还要让小孩子在盖了毛巾的菜上使劲地踩，使菜更紧一些，目的是多装几棵。菜装满了，先把准备好的一块石头压在上面，以防加水时菜漂浮起来。然后加入适量的盐，再加满水就可以了。加盐是为了防止白菜腐烂，后来又有一种叫"酸菜鲜"的材料放进去，就不用加盐了。为了让酸菜早一点腌透，还要用黄泥把缸严严实实地封起来。一般情况下，大约一个月左右的时间酸菜就腌好了。做酸菜必须多加油才好吃，特别是用荤油更好一些。杀猪菜的主菜就是猪肉炖酸菜，肥肉片、血肠、酸菜一锅炖，菜汤里飘着一层油，一种特殊的香、特殊的酸，味道好极了。我小的时候最不愿意吃酸菜，吃到嘴里能酸倒牙，酸菜条硬撅撅的，嚼起来咯吱咯吱的响，难吃极了。

　　第三种方法是挖菜窖储藏。在东北的农村，甚至是小城镇，居民家都会在屋里挖一个土豆窖，储上几袋土豆吃上一冬天。屋里温度高，要经常倒窖，把烂的土豆挑出去，以防土豆之间"传染"。也要把土豆上长出来的芽掰下去，防止营养成分流失。为了储存大量的白菜、大头菜、萝卜、倭瓜等，人们必须在室外挖一个菜窖。当然这只能是在农村或农场才能办得到的，因为只有这里才有足够的空地让大家挖菜窖。挖菜窖是冬天的一项"大活"，需要一两天的时间。菜窖是要挖得足够深的，一般是两米多一点就可以了，浅了菜窖里温度低菜会冻的，深了菜窖里温度高了就会烂菜。挖好了窖，还要在里面搭好放菜的架子，不能把菜直接垛在里面，那样菜很快会烂的。还有一种简单的方法，叫"懒窖"，这大概是被空地少逼出来的办法,也可能是懒人发明的办法。找一块适当的地方,挖一个不大也不深的土坑,把白菜根朝下一棵一棵并排放进去,然后在菜上盖上一层麦秸,在麦秸上面再盖上一层十厘米左右的土就可以了。这种储菜的方法不能随时取菜,要一次性取出。由于取出的菜吃不完,剩下的就会烂掉,所以窖不能做得太大。

除了上述三种方法之外,大约"冻"也可以算是一种方法。把大白菜放在屋前的小园子里,不用管它,一场寒流过后就成了冻菜了。东北人是喜欢吃蘸酱菜的,冻白菜用热水焯了,是很好吃的蘸酱菜。后来人们发明了速冻菜,就成了一种新的全能的储菜方法,只是要"工厂"化了,一般老百姓自己家做不了。

现在塑料大棚遍地都是,整个冬季都可以吃到各种新鲜的蔬菜。由于干菜和酸菜的特殊口感和味道,现在仍然是东北人喜爱的冬天的蔬菜,在超市里,一年四季都可以买得到。

2012 年 11 月 13 日

蒲 公 英

儿时的零食

　　到东北以后,我再没挨过饿,而且主食基本都是面食,这在当时是只有农场才有的待遇。但是,那时的生活水平还很低,基本见不到水果,蔬菜也都是老几样,夏天多一些,到了冬天就剩下白菜、土豆和萝卜了。平时基本没肉吃,想吃肉要等到过节,但也只能买二斤三斤的肉,做菜时加上几片借借味,解解馋。

　　我到了20多岁的时候,才吃到苹果。同学的哥哥当兵回家,带了一些苹果回来,同学把自己的一份分给我一个,让我开了眼,也尝到了苹果的味道。借着"苹果"的缘分,同学就成了二舅哥了。

　　那时对儿童诱惑力最大的是糖果。"没出息"的我,经常到商店卖糖的地方去,可怜巴巴地望着柜子里的"橘子瓣""黄瓜条"和"玻璃球"糖。偶尔家长会给买几块糖,那就是天大的奖励,一毛钱的糖果可以吃好几天的。

　　人是要满足自己的欲望的,没有钱买糖、买水果,我们就向大自然要替代品。

　　春天的时候,我家住的房后有几棵大榆树,那嫩绿的榆树钱便成了我们的"美食",一把一把地往嘴里塞,图的就是那一点点的甜味。

　　夏天,倭瓜开了许多"谎花",花蕾的根部有一点甜水,也成为我们儿童的"糖源"。

秋天,有许多野蜂子落在开了花的大葱上,我们就用葱叶把它扣到里面,然后取它体内的蜜吃。有一次一不小心,捏在了野蜂的"刺"上,被它狠狠地"蛰"了一下,手指红肿得疼痛难忍。

那时的自然环境很好,树林子里有很多野果子,山丁子、高粱果(野草莓)、刺玫果等等。我们经常结伴去采,虽然数量很少,但越少越珍贵,常常是满意而归的。

我父亲在供应站工作,院里有几棵果树,秋天的时候,总有几个人们够不着的果子高高地挂在树尖上。我们这些小孩子站在树下,够也够不着,就用石头子投,那种情形,那种心情,真是难以用语言去形容啊。

可怜天下父母心,每年父母都用省下的钱给我买几斤"沙果",只准我一天吃几枚,其余的都藏了起来。每天早晨我睁开眼睛的第一件事,便是拿回盼了一整天的几枚"沙果"。

有一次,我们几位同学跑到很远的前进村去挖猪食菜,发现一大片果树林。当时是秋天,果子已经熟了。我们挡不住诱惑,慌慌张张地摘了一些就被发现了。当时,要不是我们已经长大了跑得快,结果可就惨了,不被打一顿,就会被告到老师那里去。

当我有了自己的儿子了,条件也好了一些,我好像是照顾孩子,也好像是在补偿自己一样,总是给孩子买糖果和买水果。他都上大学了,还打电话让他自己买糖果和水果吃。孩子反倒不太在意这些,他们没有这样的经历,也就不知道珍惜这些来得比较容易的东西了。

我挺为我们的后代担心的,因为他们是在刚刚"富有"一点、尚不理智的父母的"溺爱"之下成长起来的。在父母溺爱下的孩子们能健康地成长吗?

2006年9月29日

蒲 公 英

家乡的东山

　　赵光是一个场镇合一的不算大也不算小的一个小城镇。镇东面有一大片似山似坡的区域,镇里的人把它叫作东山。

　　我小的时候,东山确实像一座小山,虽高不过几十米,但大都被树木覆盖着。山下有一片很开阔的草甸子,草甸子中间有一条小溪流,人们管它叫东沟子。有一条通往东山的小路横穿过草甸子,恰好在东沟子一个较大的泡子边上通过。这个泡子形似一个长长的三角形,又名三角泡。这山、这草甸子、这小水沟和小水泡子是自然环境千百年造化的结果,和谐、顺畅,好似一幅美妙的画卷,吸引着赵光儿女的目光和脚步,去欣赏它,去感受它。

　　孩子们欣赏它、感受它,总是和玩儿联系在一起。小学的时候,学校组织到东山野游,我因病没参加,听同学们绘声绘色地讲述他们的"神奇"经历,令我好生羡慕。除了有组织的或跟随大一些的哥哥姐姐们,父母是不允许我越过草甸子、东沟子去东山玩的。十二岁左右的时候,我和同学赵东风、孙运栋一起到东山玩了一次,回来以后被东风的母亲知道了,不仅他被狠狠地剋了一顿,而且我们也被视为不受欢迎的小朋友了。尽管如此,我们这些顽皮的孩子们还是一次次地瞒着家长去东山,或采花,采"酸沫浆",或洗澡,或到山林里去玩"打冲锋"。

赵光农场是机械化农场,很早就使用飞机撒药灭草了,飞机场就设在东山上。一到夏天,就有一架飞机到赵光农场作业,为大片大片的麦子、黄豆撒药灭草。每每看到空中隆隆飞过的飞机,孩子们都欢呼雀跃,高喊着"飞机来了、飞机来了",并奔跑着追赶飞机。时间久了,我们便有了近距离接触飞机的冲动。不知哪一天,不记得和谁结伴,我们几个十一二岁的孩子便冒险到东山去看飞机了。我们飞快地跑出镇子,欢快地穿越草甸子,小心翼翼地渡过摇摇欲坠的三棵木头搭成的小桥,惊慌地踏上林边的茅草小路,向飞机场奔去。

离飞机场很远的地方,空气中就开始弥漫着农药味,越往前走农药味越浓,等快到机场的地方,我们已经被农药味呛得喘不过气来了。但强烈的好奇心驱使我们不顾一切地前进、前进,直到飞机场边上。

飞机场边上的草已经被农药杀死了,一排排的药桶不规则地散落在地上,使我们产生了一种恐惧感。远远地望去,几个工人正在给飞机加药。在飞机与药桶之间有刺线拉成的屏障,虽然没有人管我们这些孩子,但我们似乎也失去了接近飞机的勇气,只能远远地眺望飞机,远不及在家里望着头顶上飞过的飞机看得真切,看得过瘾。在回来的路上,我们已经没有了喜悦,更多的是一种沮丧。

到了上中学的时候,不仅长大了,家住得也与东山近了,上东山的次数也渐渐地多了起来。到了这般年龄,虽然还是孩子,但也要承担一些家庭的责任,因而到东山去已不仅仅是玩了,更多的时候是劳动,或把劳动与玩儿结合起来。这劳动说来也简单,最多的是挖猪食菜,间或有几次去采蘑菇和捡粮食。那时家家户户都养一两头猪,几只鸭子和几只鹅。家里贫困,家畜家禽们也极少有粮食饲料吃,主要是靠野菜饲养,只有到催肥、下蛋的时候,才能加点豆饼、麦麸子等蛋白质含量高一点的饲料。所以挖猪菜的量要求很大,任务是很重的。

东山上不仅有林子,还开了很多耕地,地里有很多野菜,为了猪、鸭、鹅们的生计,好像我们每隔一两天就得去一趟东山。当我们背着满麻袋的猪食菜、鸭食菜、鹅食菜下山的时候，总忘不了在三角泡玩一会儿水，是一种休息，也是一种娱乐。

去东山不光能为猪、鸭、鹅们弄点吃的，有时也能顺便给自己弄点吃的，这大约是要等到秋天的。土豆地里的土豆梨、黑（黄）菇菇，泡子边的蒲棒，林子里的榛子等等。在没有水果可吃的时候，这些野果类的东西对我们有着很大的诱惑力。现在的孩子们吃水果还要让家长们哄着吃，根本不会去"享受"这些野果子的。但那些野果子对当时的我们来说，是不亚于现在"进口"水果的。

我二十多岁才离开赵光，离开之前的东山一直保留着原貌，在我的梦里它也一直保留着原貌，保留着那份情感。现在的东山已荡然无存，没有了树的山坡变得平坦了，已经和变成耕地的草甸子连成了更大的一片耕地，吃掉了小东沟子，也吃掉了三角泡。站在镇东边的公路上一眼望去，光秃秃的，连一棵树、一片草都没有了。

是谁毁了我们的东山？东山已不存在了，要在也只能是在我的梦里。

2008 年 12 月 17 日

蓝 木 桥

赵光有一条贯通南北的大道,这条道的两头高,中间低,所以赵光便有了南岗、北岗两个区域。起初我家就住在这条道的边上,而且是道的最低洼的中段,标志便是这里有一座蓝木桥,桥下流着时多时少的溪流。

我说的这座桥是在我五六岁的时候新建的。桥面是由厚厚的松木大板铺成的,桥梁是松木大方子,连桥墩子都是粗粗的松木。桥的两侧修有栏杆,也是松木的,挺光滑的,上面还涂了蓝色的油漆,所以大家称作蓝木桥。

那时候的车并不是很多的,桥上总有许多孩子在玩。胆子大的孩子常常把护栏当成"平衡木",在上面由南向北、再由北向南地走上几个来回,那份英雄自得的神气,好让我佩服。我也曾经试过,但一站上去便吓得赶紧下来了。

作为桥面的大厚木板的两端,在护栏外面留下或长或短的板头,有的七八厘米长,有的一两厘米长,这便成了儿童的又一"冒险"项目。孩子们小心翼翼地翻过护栏,用手把住护栏,用脚尖踩住木板的头,开始由南向北,再由北向南移动。这木板的头有的实在太短了,脚尖根本就踩不住,只能下蹲着把一只脚尽力往前探,去踩另一个远一点的能踩住的木板头,这时是有一定的风险的。

蒲 公 英

　　在护栏上走也好,在护栏外移动也好,险是险一些,但却没有掉下去受伤的。也正因其险,孩子们便其乐无穷、乐此不疲了。

　　桥的下面常常是流着细水的,只有下大雨的时候才能见到哗哗的流水。有水就有鱼,都是泥鳅、山胖头等小杂鱼。孩子们用土围一汪水,留一处与小沟子连着,等着有小鱼游进来便迅速地用泥土堵上缺口。抓住一条泥鳅便放在罐头瓶子里去养着,看它在瓶子里上下翻滚。

　　有水流过的地方便会有黄黏土的。孩子们用小手挖一块黄黏土,来到桥面上使劲地揉啊,摔呀,把黄黏土揉成像面团一样细软。如果一个人玩,便可以捏泥人、泥枪,如果有两个人在一起玩,便可以做摔泡的游戏,还可以用泥做一个泥"碗",然后扣过来使劲摔在桥板上。泥碗中的空气将碗底冲破一个口,可以赢对方能把口堵上的一块泥。摔出的口越大,赢的泥越多。有些孩子常常摔得不好,成为"哑泡",便只有拿泥给别人堵口的份了。

　　摔泡是有"学问"的,底要薄,大小要适当,而边又不能太薄了,这样才能把底全部"崩"掉,赢得一大块泥来补上。

　　木桥的东面是一片松树林,树林南面是一片草地,草地中间流淌着从桥下流过的溪水,桥也融入这片儿童的乐园了。特别是玩"打冲锋"游戏的时候,木桥是唯一的"工事",把用蒿子编成的"机关枪"架在桥的护栏上,对着树林里的"敌人"哒哒哒地扫射,感觉很威武、很神气的。

　　我走出赵光以后,不知哪一年,这座蓝木桥被拆掉了,换成了钢筋混凝土桥,后来似乎就好像没了桥似的。每次到赵光,我都会去寻它的,有时是在路上寻,有时便是在心里寻了。

2013 年 1 月 20 日

记 忆

灯 光

　　现在人们生活的每一个环节可能都与电息息相关,所以没有电似乎就无法正常生活了。我小的时候经常停电,家里与电有关的只有那只瓦数不大的白炽灯泡,后来是瓦数不大的荧光灯管。停电给我们的生活带来了很多不便,那就是我们不得不经常生活在昏暗的世界里。

　　我小时候的夜生活是很单调的,没有电视,早期连收音机都没有,漫长的夜晚多半是与扑克、象棋、军棋和书相伴的。但这些活动哪一项也离不开灯光。所以,人们不得不寻找能带来光明的其他方法。

　　买蜡烛是最方便且亮度较好的方法,但多数家庭的经济状况和条件又难以承受,所以很多家庭是有蜡也不能常点的。打扑克、下象棋、下军棋、看书都不是短时间的事,所以就根本别去指望用点蜡烛来照明。

　　为了解决照明问题,我们不得不转而求助于煤油灯。有一种煤油灯,灯芯比较粗,带有玻璃罩且又防风,名叫"马灯",是在牛棚马厩里常看到的那种灯,也可以说是一种高级煤油灯。

　　小时候我常到父亲单位去玩,见到牛棚马厩里的马灯特别的喜欢,也渴望自己家里能有一盏。我曾指着牛棚里的马灯让父亲给我买一个,却遭到了"拒绝",原因当然是钱的问题了。买一盏马灯的钱可以买十几斤粮食,谁家也买不起。所以,那时大多数家里是没有这种上了讲究的马灯的。

　　买不了马灯,但马灯原理是可以利用的。一个玻璃瓶子,一段小细铁管子,里面装上一根灯芯儿,瓶子里再装上煤油,有时和朋友要一点柴油代替煤油,一盏小煤油灯就齐了。

　　这种灯有一个缺点,亮度小,你把灯芯拉长一点吧,烟也大了,不仅能熏黑屋子,而且时间一长,连鼻孔眼里都能熏黑了。

　　于是,我发明了一种多芯煤油灯,用一个罐头瓶子,在盖上打孔,装上八九个灯芯,灯就亮了很多。后来不少同学和邻居家里都用上了这种多芯的煤油灯。

　　点煤油灯是要产生煤烟的,不知谁发明了一种无烟的煤油灯,这种灯的原理是两次燃烧,第一次燃烧产生可燃气体,可燃气体第二次燃烧产生光,一点煤烟都没有。但是,由于第二次燃烧的燃点低,产生的光亮度低,所以渐渐地人们就不喜欢它了。

　　因为点灯的目的就是要获取亮光,加之那时人们对卫生要求不高,主要矛盾是亮与不亮,所以无烟的煤油灯最终是被淘汰了。

　　点灯也好,点蜡烛也好,除去亮度低以外,就是位置低,容易产生阴影,你把灯抬高了吧,又产生了灯下黑的问题。

　　要解决这一问题就要多点几盏灯。所以那时我家里就有很多各式样的油灯,需要的时候就多点上几盏。

　　随着时间的推移,电力事业发展了,停电的现象越来越少了,加之人民生活富裕了,能买得起蜡烛了,煤油灯就渐渐地在我家,也在大多数家庭里退出了历史舞台。可我仍然对那种既亮又卫生的马灯情有独钟。

　　不记得什么时候,以什么方式,只记得我终于拥有了一盏马灯。我把它擦得干干净净,像宝贝似地挂在墙上,心里有一种莫大的满足感。偶尔也有停电的时候,点上它,好像找到了点什么?那是很早以前的渴望得到了满足。每当我在基层看到马灯,或是在电影或电视里看到马灯,我的内心里仍然会产生一种儿时的冲动。

如今,煤油灯和马灯已经退出我们的生活。蜡烛的照明作用被赋予了某种神奇隐秘的力量,一些纪念日或节日,人们点燃蜡烛,喻为点亮未来人生新的祈愿。贯穿于蜡烛生命中平凡和执着的品格,蜡烛的"燃烧自己、照亮他人"的精神,更是具有了人格化的象征意义。

蜡烛、煤油灯和马灯的灯光,在没有电灯的漫漫长夜闪亮摇曳,在童年记忆之河潋滟跳跃,向往光明,追求光明,创造光明,享受光明的快乐充盈了我童年时光。它在暗夜时带给我光明,在制作中带给我快乐,在追求中带给我希望和梦想……

2008 年 6 月 10 日

蒲公英

三角泡记

　　赵光农场的东面有一个大草甸子,南北长约四五公里,宽四五百米。其间有一条小溪流过,在中间的地方汪出一个小水泡子,面积800多平方米,形状如三角形,人们称之为三角泡或东沟子。

　　草甸子比较平坦,小溪两侧是塔头墩子。草甸子里生长着很多野花,除了数量很多的小黄花外,最美的是"伞罗花"(野百合花)和马兰花,最实惠(可食)的是黄花菜。人们常常把"伞罗花"带回家,放在水瓶里,装点房间。把黄花菜晾干了,用来炸酱。最有趣的是把马兰花的汁挤出来当钢笔水用。

　　草甸子里有很多鸟,走在草甸子里,不时会惊起鸟儿扑楞楞飞起来,仔细地寻找,有时还会找到几枚小小的鸟蛋。

　　三角泡的边缘生长着许多的蒲草,叶子宽宽的、厚厚的。初秋的时候,蒲草便长出果实来,叫蒲棒。孩子们便掰了来,剥去皮,去啃食淡绿色的蒲棒,虽然没有什么味道,但却有一种清新的感觉。到了深秋的时候,那些漏网的蒲棒便自动去了皮,软棒变成了硬棒,嫩绿色变成了褐色,孩子便拿着做了玩具。

　　甸子东面是一片高地,曾经都是林地,大开荒时开垦了一大片耕地,与草甸子隔道相连。但这片高地主要是以林地为主的,于是便被人们称为东山,事实上并不是山,是因林而山的。

因为有了耕地,也因为有了林子里的蘑菇、榛子等等,来往的人们便走出了一条横穿草甸子去东山的小路来。小路是踩出来的,没有人修,只是有人在三角泡北侧搭了几根木头便算作桥了。也由于是踏出来的路,在经过塔头甸子的部分,便是一个个踏平了的塔头墩子连起来的路,水大的时候,塔头墩子边上便是明水了,一不小心,脚就会滑落到水里去。

三角泡是儿童的乐园,经常有一些孩子在水中游泳,即使一些不会游泳的孩子也常在比较浅的地方戏水。泡子里面有很多的鲫瓜子、山胖头、白票子鱼,有人用竿钓,有人用扒网扒,常有不小的收获。

如今的草甸子、三角泡、东山树林子都已不见了,连成了一大片耕地。很多赵光人对三角泡留有美好的记忆,三角泡也就成为大家相见时的谈资。我作《三角泡记》,一是要留住大家的记忆,二是唤起同龄人更多的美好的记忆。

2012 年 10 月 11 日

蒲公英

沙 尘 暴

那年,我十一岁。

那天,是在秋季。

早晨,阳光明媚,尽管已经到了秋天,站在房檐下,仍然感到暖暖的,很舒服、很惬意。

父亲上班走了,母亲拿一把镰刀去东山打秋草了,只有我独自留在家里玩儿。

小孩子是喜欢在户外玩儿的。母亲走后我便一直在院子里和小朋友们玩玻璃球。

不知什么时候,天渐渐地暗了下来,太阳也不知躲到哪里去了,天空变成了土黄色,像是夜晚,又和夜晚的黑色不一样。

一会就起风了,风越刮越大,有东西打在脸上了,迷眼睛。使劲地揉眼睛,背着风艰涩地睁开,眼前便是另外一个世界似的染上了土黄色。鸡、鸭、鹅们都很快地找个避风的地方趴下,把头埋在羽毛里。几条狗冲着天汪汪地叫,满地的草叶、纸片在飞快地跑着,一片纸挂在树枝上,挺了一会儿,中间先凹进去,一会便嗖一声不见了。

我们也便散了,各自奔回家。我紧闭了门,上了栓,趴在窗户上,以一双惊恐的眼睛望着窗外的情形。

家里的一座"三五"牌座钟,指定的时间是上午9点钟。

风渐渐小了,天还是黄的。

天的黄色渐渐地淡了,东南方向就有了一个明亮的影子了,我知道那是太阳。

母亲回来了,她说风太大,沙太多,干不了活。我说我很害怕,这是什么天呀?

母亲没上过学,不知道这是沙尘暴,就说是大风天呢。我说大风天怎么是黄色的?她说别问了,她也不知道大风天怎么是黄色的。

风停了,太阳又挂在天上,亮亮的。天不是黄色的了,但地变黄了,房盖上、地面上都盖上了一层黄色的、细细的沙子,这是风从西北吹过来的,走了好远的路才落到这片土地上的。

大自然的沙尘暴,是谁主宰的?

2012年10月29日

蒲公英

我喜欢穿旧衣服

　　对于人的生存来说，衣食住行，衣是排在第一位的，因为穿衣是人类有别于动物的最重要的标志之一。当然，食的基础性作用是毋庸置疑的，是应该排在第一位的，大概是因为食的基础性作用在整个动物界（包括人本身）是普遍性的，所以才排在人的生存要素的第二位了。

　　衣，排在了第一位，但也是要受到食的影响的，当食不果腹的时候，必然要导致衣不遮体的。只有极个别的人，才会即使饿死也要衣冠楚楚的。

　　我读小学、初中的时候，整个国家都还是贫穷的，作为工人家庭当然也是比较贫困的。那个时候，家里生活确实是比较困难的，但并没有困难到食不果腹的程度，只是在保证了能吃饱之后，便没有更多的余钱去保证穿得很体面了。我清晰地记得，每年只能买一套新衣裤，一件新背心，其余的衣服都是旧的。因此，那时候穿旧衣服，穿打补丁的衣服是常态的，穿新衣，穿不打补丁的衣服只是短时的。

　　对于穿旧衣服，我是极习惯的，对于穿打了补丁的衣服也是没有一点的反感的。相反，我对穿新衣服却表现出一种不自在的感觉，常常因为不爱穿新衣服受到母亲的数落。

　　由于贫困的普遍性，穿旧衣服也便是普遍现象，因此也使穿新衣服成为个别现象，变成了一件新鲜事。那时，不管是谁穿了一件新衣服，大家便会围上去取笑一番，更有喜欢恶作剧者还会往新衣服上弄点灰土、泥巴，让人有些尴尬，有些羞怒。

处在长身体的时期，所以新的衣服总是要买大一些，刚穿上去便是不合体的，裤子要挽起裤脚子，上衣要挽起袖子。因此，穿上新衣总是显得怪怪的样子，新是新了，但并不顺眼，甚至有时是扎眼的，使你自己也觉得不太自在了。

由于一年才能换上一次新衣服，如果不小心弄脏了，弄坏了，都少不了要被父母说几句，甚至会被骂几句或打几下，这种压力也已经把穿新衣服的喜悦冲得无影无踪了。

除此之外，不喜欢穿新衣服大概与我的性格也是相关的。我是极不喜欢张扬的人，除去学习成绩喜欢拔高外，便是喜欢普通，喜欢淹没在普通之中。在旧衣服是普遍现象的时候，我自然是喜欢穿旧衣服了。

喜欢穿旧衣服，但并不是喜欢穿破衣服。我顶喜欢不新不旧不破的衣服，即使是打了几个补丁，也是没有破洞就好。

现在的形势发生了翻天覆地的变化，在农村都很难再见到穿打补丁的衣服了，谁穿件新衣服再也不会引人注意了。现在人们关注的是衣服的品牌，看似相差不多的衣服，品牌不一样，价格会相差好几倍。

现在，我对穿件新衣服也已经没有什么异样的感觉了，也是没有任何的压力的，也感到很自然而然了。但是我尚且没有对衣服的品牌有所感受，只是喜欢那些极为普通、大众的样式，特别是喜欢夹克衫，似乎是与喜欢穿旧衣服一样一样的。

2014 年 7 月 18 日

蒲公英

小木手枪

小的时候,我自制了很多的玩具,大概会有几十种上百件,但一直留在我记忆深处的是那把小木手枪。

大约是看电影《李向阳》的原因,对二十响盒子枪便着了迷,一闭上眼就能看到乌黑锃亮的盒子枪,吃饭想,上课想,在梦里的情景也常与盒子枪离不开。于是我便开始计划自己做一把二十响的盒子枪。

我是木匠的儿子,做一把木手枪既不缺工具、木料,也不差手艺,差的是对二十响盒子枪细部的了解。在电影里看到的盒子枪只是大概的模样,细部根本看不清。我做了一把又一把,不断地调整,最终才做成了一把自己特别喜爱、又觉得特别"像"的盒子枪。说像也是自我感觉的,总之是集每次看到的盒子枪的形象之大成,包括准星、扳机、弹仓、机头,就连手柄上也刻上交叉的纹理,手柄下面还系上了红绸子,枪身用墨涂得黑黑的,还用清油刷了,真的是乌黑锃亮呢。小朋友们也都特别喜欢我的这把盒子枪,都想借去玩儿。

我真的是特别喜欢这把小木手枪的,上学时也常把它放在书包里,放学回家的时候经常是提在手里,学着李向阳、杨子荣的样子,左一甩,右一甩的"啪、啪"地打着枪。这大概是革命英雄主义教育的成果吧。

有一次,一个爱打仗的学生看到了我拿着的手枪,便强借了去,一连好多天也不见他来还。我当然是十分着急了,天天想着盼着他把小木手枪还给我,但我一直也没敢去和他索要。我身边没有哥兄弟,打仗又打不过他,只好默默地等他来还。

有一天放学又碰到他,我壮了壮胆子问他,我的枪你玩够了没有啊?他显得很爽快,说早就忘了,明天找到还给你。看来他并不是真的喜欢我的盒子枪,如果他真的喜欢,恐怕是不会还给我的。第二天,他真的把枪还给了我。接过心爱的小木手枪,我情不自禁地一个劲地说谢谢。我记得他愣愣地看着我,似乎并不理解我"谢谢"的含义,拍了我一下就走了。

从此,我再也不敢带着这把心爱的小木手枪上学了,生怕再有谁看见了"硬"借了去。

渐渐地长大了,学习和家务劳动占去了很多玩的时间,那种打冲锋的游戏也渐渐地过时了,这把小木手枪也被"冷落",后来便不知了去向。

时间大约已经过去四十多年了,我仍然清晰地记得那把小木手枪的样子,也清晰记得它给我带来的自豪和快乐。那把小木手枪是不可能再找到了。但是,我是设想过退休生活,想再重操"旧业"做木工活的。若如此,第一件事我便会重新做一把小木手枪,找回那份幼稚的自豪和快乐。

2012 年 11 月 18 日

一把小葱叶

如果有人让我回忆小时候吃什么印象最深,我的回答是,放学回来的时候,饿了,在碗柜里拿半个凉馒头,到小园子里掐一小把葱叶,然后一口凉馒头,一口又辣又甜的小葱叶,美极了。当然,还有那过年的饺子,那一碗酸菜中的一片肥肉,那能听到吱吱声的炒鸡蛋,等等,印象都十分深刻。

如果有人问我,你现在吃什么最可口,我会不假思索地回答,乡村土菜。我敢肯定地说,像我这样回答的人不在少数。人们外出到了一个新的地方,往往都喜欢去吃当地的"土菜",我们接待客人的时候,有时也刻意地安排本地的土菜,以迎合客人的心愿。

人们吃饭首要的目的是解决饥饿的问题。在20世纪中叶,人们的生活水平不高,多数食物营养成分少,吃了不少但不抗饿,特别是小学生,不仅身体成长需要大量的营养,而且活动多、消耗大,很容易饥饿。每当下午放学的时候,忙活一天了,但又没到吃饭的时间,也便到了小学生最饥饿的时候。于是,那半个凉馒头、一把小葱叶便成了解决饥饿问题最好的食物,也因此给我留下了最深刻的记忆。

人在饥饿的时候,吃什么都是香的。相传,朱元璋少时家贫,从没吃饱过肚子,17岁那年又因父母双双死于瘟疫,无家可归,被迫到皇觉寺当了一名和尚,以图有口饭吃。但是,不久家乡就闹了灾荒,寺中香火冷落,他只好外出化缘。在这期间,他历尽人间沧桑,常常一整天讨不到一口饭吃。有一次,他一连三日没讨到东西,又饿又晕,昏倒在街上。一位路过的老婆婆把他带回家,将家里仅有的一小块豆腐和一小撮青菜,红根绿叶放在一起,加上一碗剩米饭煮给朱元璋吃了。朱元璋食后精神大振,问老婆婆刚才吃的是什么,那老婆婆苦中求乐,开玩笑地说,那叫"珍珠翡翠白玉汤"。等到朱元璋当了皇帝,天天吃山珍海味,却吃什么都不觉得香了。一次,朱元璋病了,什么都不想吃,还就想吃那"珍珠翡翠白玉汤"呢。

  人吃饭的重要作用之一就是补充营养,而身体所需要的基本营养,大都含在那些普通得不能再普通的"土饭、土菜"里,再加上那千百年来形成的最容易消化的土做法,便形成了人与食物之间的那种最自然、最纯粹的依存关系。现在,不仅乡村小饭店有土饭、土菜,大都市里的星级饭店里也有。以炖菜、蘸酱菜为代表的土菜已经堂而皇之地走上了五星级饭店的餐桌,与海参鲍鱼平起平坐了,甚至是更受喜爱、更早一些被客人送进自己的口里。

  我在爱辉区工作的时候,有一次下乡检查工作,看到老乡家菜园子里的小葱,我忍不住去掐了几根葱叶,也不洗就送到嘴里吃起来。好爽啊!比吃什么都解馋。

2012 年 5 月 7 日

蒲公英

煤油灯下的生活

　　我小的时候，停电是经常的事，以至于每次电灯亮了，我都会惊讶地发出一声尖叫："啊，来电了。"

　　东北的冬天是白天短黑夜长，到冬至的时候，早晨七点多了天刚刚蒙蒙亮，而下午四点不到，天就开始黑下来了。没有电的冬天，家家都点煤油灯照亮，一棵小火苗驱走了黑暗，却难以迎来足够的光明。人们想要用光亮干点什么，不是凑到灯前，就得把煤油灯端过来，要是做移动的活计，就要端着煤油灯不停地走。

　　煤油灯不仅不够亮，而且容易被遮挡，如果有人站在煤油灯的跟前，便放大了他的身躯，把黑影投向背后，漆黑一片。最有趣的是人们在屋里走来走去的，那高大的影子也晃来晃去的，整个屋子里似乎有"幽灵"在动。

　　煤油灯亮度不够，人们就把灯芯往上拨一拨，火苗大了，屋里就相对亮了一些，但火苗上方的黑烟也粗了，有时甚至会飘下黑色的碳粉末来。也正因为如此，第二天早晨起来的时候，大家的鼻眼都是黑的，大约还有很多碳粉末已经吸到肺里去了。

　　由于煤油灯不能提供足够的光亮，夜晚的时间大都是做不了什么事的。但是学生总是要完成作业的，于是每天晚饭以后，饭桌擦干净了，把煤油灯端过来放在桌子上,孩子们便趴在桌子上,借着闪闪的灯光做作业。大人们或坐在炕头上,或坐在地下的凳子上,吸着旱烟卷,相互不见表情地说着家长里短的事。等到孩子写完了作业,大人们的话也说尽似的,早早地就要上炕睡觉了。

孩子们没有那么多的觉,便穿上棉衣,戴上棉帽,跑出去玩了。其实大黑天有什么好玩的,也就是找小伙伴们东跑跑、西跑跑的。一会冻得受不了了,天也更晚了,便各自回家了。家里的大人们此时可能已经睡熟了,他们似乎并不关心孩子们什么时候回来睡觉,任由他们自由地去做。

也有一些孩子是好看书的,做完作业便借着煤油灯微弱的光亮看借来的书。那时书少,发现一本没看过的书,大家便你借来、他借去的,还要快看完,抓紧还。看的时间长了,大人们一遍遍地催着快点睡觉。睡就睡吧,可心里还想着看书呢。胆大的人便偷着拿来家中唯一的"电器"手电筒,躲在被窝里看书。等到大人们发现手电筒的电池没电了,或电弱了,事情就"败露了",少不了要被训斥几句的。

人是具有很强的适应能力的,没有电灯的生活尽管缺少了光明,但并非没有作为,没有快乐。

2012 年 11 月 8 日

蒲公英

钉 钉 子

我父亲是四级木匠,做家具手艺远近闻名,比那些"高级"木匠还受人欢迎。因此,我家便成了木匠铺子似的,总是在给朋友们做家具。

龙王爷的孩子会浮水,木匠的孩子会钉钉。我从小就跟着父亲学做家具,开始时是递递板子和工具什么的,后来自己手痒痒的,便拿起锤子和钉子,在木板上钉钉子。

做家具的手艺似乎与钉钉子无关,靠钉子做活的叫大眼木匠。体现木匠手艺的是设计、拼缝、用胶、做榫、凿铆,等等。但任何木匠都离不开钉钉子,而且也不是谁都能钉好钉子的。钉钉子也有技巧,也算是手艺活。

钉子是"钻进去"的,要排除很大的阻力,木质越硬,阻力越大。像红松、椴木、杨木这样软的木料,把钉子钉进去可能不费很大力气,也出不了太大的麻烦。在柞木、黑桦木等硬木料上钉钉子不仅费力,而且常常出麻烦,最大的麻烦是把钉子钉弯了。能把钉子顺顺溜溜钉进硬木料里去也是要有技巧的。这个技巧就是保证锤子传给钉子的力是垂直的,保证这个垂直的力是靠锤头的底面与钉帽平行,哪怕有一点点不平行都可能把钉子钉弯的。

一开始我常常把钉子钉弯,只好把钉子拔出来,平直了再钉,弯了,再拔出来……几个反复钉子就不能用了。渐渐地我总结出了钉钉子的要领,手稳锤平、先轻后重,逐渐加力,就不至于跑偏,砸弯了钉子。为了减少阻力,有时在钉子上沾点油,最简单的办法是沾点唾液。水是最好的润滑剂,只是无法在高温下保持和保留才被抛弃,但在钉钉子时则可以派上用场。

钉子是"挤进去"和"钻进去"的,这是钉子的特点,所以人格化后叫"发扬钉子挤和钻的精神"。对软木料来说,它可以"委屈"自己,挤就挤进来吧;而对硬木料来说,它不想"委屈"自己,要是你硬挤进来钻进去,它就宁可裂开一条缝。钉钉子是最怕出现这一后果的。我父亲后来教我一招,把钉子尖用钳子掐掉,掐出一个扁铲型,把全方位的挤,变成单方向的挤。木料只能横向裂,不可能纵向裂,问题就迎刃而解了。

钻也好,挤也好,钉子总是要走直道。如果走了弯路,轻则露出钉子尖,破坏了美观(有时还能破坏了工具),重则进入不了连接件,发挥不了作用。钉子走不走直道取决于两个因素,一是木料质地是否均匀,二是钉钉者的"手艺"如何。第一条是不可控的,所以再有"手艺"的木匠也保证不了钉子不走弯道。但是如果手艺不济,再均匀的木料,钉子也可能走弯道。当然,钉子的质量也可能导致走弯道,主要是钉子的尖是否均匀,用钉子时是要看一看,选一选的。

钉钉子是有风险的,一不小心锤子就可能砸到手上。小时候我的手指头常常被砸出血泡,先是红的,不长时间就变成黑的了,等皮掉了,就露出了一个黑色的小"血饼子"。更危险的是把钉子砸飞了,像子弹一样飞出去的钉子,能把人扎伤,把窗户玻璃击碎。有一次,钉飞的钉子碰巧还击碎了家里唯一的暖水瓶。等掌握了技巧,这种危险也就消除了。

现在做家具、搞装修已经不怎么用锤子钉钉子了,改用射钉枪,既准又快,还安全。但现在的木匠可能也缺乏钉钉子的手艺了,工具进步了,手艺就退步了。

2009 年 2 月 11 日

蒲公英

家庭"牧业"

"文革"期间,"教育要革命",九年就高中毕业了,初高中加一起上了四年的时间,学习也抓得松,因此有时间帮助家长做点事。

那时候经济条件不好,为了解决吃肉的问题,家家都养些畜禽之类,而解决它们吃的东西就成了我们孩子的任务。

我记得小时候干得最多的活是挖猪食菜、鸭食菜、鹅食菜。猪最爱吃的是灰菜和苋菜,鸭鹅最爱吃的苘麻菜。这苘麻菜有白浆,粘在手上、衣服上洗都洗不掉,时间一长,手上、衣服上都被这种白浆沾满了。在猪食菜里,我最喜欢苋菜,有一种"厚重"感,也就是"出数"。那时候挖野菜成为夏秋两季的"日常"劳动,几乎天天不断,可谓顶烈日、冒风雨,身上常常被晒得爆了皮。但当把一筐、一麻袋的野菜弄回家的时候,心中总有一种成就感和轻松感。

对这些"胜利"果实,我是精心管理的,管得也很严。家里有一个土豆窖,夏天比较凉,把野菜放在里面不易腐烂,有时也把野菜放在阳光下,去了水分,把野菜晒蔫就不易腐烂了。

我母亲是一个质朴实在的家庭主妇。记得有一个星期天,我和同学骑自行车跑了二十几公里路,到一营二连南山挖猪食菜,全是快开花的苋菜,用了大半天的时间驮回两个多半麻袋的苋菜。这么多的苋菜,当天肯定用不了，我就把一部分苋菜放在阳光下晒蔫了。一位邻居大婶到我家说猪没吃的了，母亲就用土篮子装了满满一篮子送给她，就把我用一天时间跑了二十几公里的劳动果实送了出去，把我心疼得不知说什么好。其感受和心情实在是刻骨铭心。

  上初中时，我开始养羊。养羊与养猪相比，优点是成本低，除去"廉价"的劳动之外，几乎是零成本，有青草时吃青草，没青草了吃豆皮子，费的只是功夫。养羊不难，但很辛苦。我每年养一母二子三只羊，年后归一，春天归三。要说辛苦，主要是有青草的时节。羊不仅吃青草，也吃青苗，为了不让它吃青苗，只能拴养。每天清晨送到草甸子，晚上再牵回来，不论刮风下雨，日日如此。

  正是因为有了家庭牧业，才很大程度上解决了吃蛋、吃肉难的问题，而且还培育了我不怕吃苦的精神，这是我受益终生的。

2006 年 9 月 2 日

"四级"木匠

龙王爷的孩子会浮水,木匠的儿子却未必会木工,但我会,而且木工活做得不错,自诩"四级"木匠。

我的木工手艺实际上并不是父亲教出来的,而是自己看出来的、悟出来的。小的时候父亲利用业余时间给朋友们做家具,家里就像个木匠铺。眼睛里看得多的除了文字外,可能就是父亲做木工活的过程了。

看得时间长了,手便痒痒了,学着父亲的样子干了起来。工具是父亲的,木料都是下脚料,好木料动都不敢动。

我做的第一件"家具"是个小凳子。一共四块木板组成,大一点的是凳子面,两块小一点的做腿,两腿中间连一块更小的做承,没有卯、榫,全靠钉子连接在一起。锯如果使用不好,木板锯得不齐,这小板凳的腿也不齐,坐上去就会不稳。父亲没表扬、没指导,只是笑,我自己倒是挺美的。

我做的第一件像样的家具,实际上应该算工具,是个小推车。用一个废弃轴承做轱辘,一截小木棒做轴,两根长一些的木棍做轴承,几块长短不一的木板做车厢,用钉子组装起来就成了一辆小推车。上面再配一根绳子,拴在车轴的一端,调好长度,用车时挎到脖子上好承力。我用它推烧柴,推蔬菜,推好多东西,省力又高效。

长大一点了,父亲就让我帮他做木工活。开始时做粗活,后来就做细活了、凿卯、开榫，以至于拼缝都让我来做。拼缝是木匠活里的重要环节，要拼到没缝的程度才好。这是技术含量比较高的工序，父亲让我做了，就说明他认为我具备了这样的能力和水平了。为了拼严缝，一次次地刨，木料越刨越小。有一次，父亲配好的料让我给拼小了，不得不再加上一块。现实让我不得不去思考如何才能提高木工手艺。我一边想，一边干，一边悟，逐渐地就掌握了各种木工手艺的要领。比如拼缝手艺，核心是推刨子时手如何用劲，要领是左右平、始压前、终压后，这样刨出来的面就平、就直，拼出来的缝就严了。

木匠活之所以称为手艺，是因为还有设计这一环节在里面，还有科学知识在里面。没有设计能力和科学知识做不好木工活，手艺也上不了档次。

在中学的时候，我做了一个四角八叉的凳子。做这个凳子要靠几何知识支撑。我的几何知识要比不少老木匠多些，做起来很容易。这个凳子做得很好，父亲也大加赞赏。因为这是考四级木匠的标准，所以我也就自诩是四级木匠了。那年我十六岁。邻居有一位叔叔，也是木匠，而且已经是六级了，做四角八叉的凳子，还是找我给做的凳子面，凿好卯，由他去组装的。

从那以后，我父亲就放手让我独立地做家具了，木工手艺我也算基本学成悟道。

艺不压人。有了这门手艺我就能自己做家具了，我家的家具都是我自己做的，一直到1995年以后，才用上买的家具。有了这门手艺可以服务朋友了，我已不知为朋友们做了多少家具，是无偿的，但却是十分有益的。

2009 年 10 月 21 日

蒲公英

蝈 蝈 笼 子

  蝈蝈是靠两个翅膀上的方形发音片互相摩擦发音的。当蝈蝈的翅膀快速地震颤的时候,便发出了清脆的吱吱声。
  我小的时候经常到麦田里去捉蝈蝈,用自制的笼子养起来,挂在屋里的窗户上,听蝈蝈吱吱的叫声,给单调枯燥的生活带来一丝色彩和生机。小朋友之间也会拿着各自的蝈蝈笼子去比的,当然不是比谁的笼子好看,而是比谁的蝈蝈叫得响,叫得长。
  一般的蝈蝈是白色的肚子,带褐色花纹的绿色翅膀,头部则以褐色为主,头上长着长长的须子,六条腿,前四条腿短而细,后两只腿粗而长。蝈蝈不是靠它的翅膀飞,而是靠它的强壮的后腿蹦。有一种体色比较黑的蝈蝈,我们都叫它铁蝈蝈,体大健壮,也好像比较勇猛似的,叫声坚定响亮,劲足悠长。这种蝈蝈比较少,抓几十个也许都碰不到一个呢。由于其善叫,便叫"叫驴子"。
  最好看的蝈蝈应该是叫火蝈蝈的,与常见的蝈蝈不同的是褐色变成了红色,成了红中带绿色的蝈蝈。火蝈蝈的数量似乎和铁蝈蝈差不多,也是比较少见的。
  还有一种全绿色的蝈蝈,多在草地和菜地里出现,由于其全身单一的绿色,人们便叫它草蝈蝈。草蝈蝈的"地位"比较低,大家都不太喜欢它,一般不去捉,捉了也不会养它。

蝈蝈笼子都是自己动手编扎,用的材料是麦秸秆,扎的材料是高粱秆。

用高粱秆扎蝈蝈笼子比较简单,先把高粱秆的硬皮一条一条地剥下来,再用高粱秆芯扎好框,然后再用剥下来的一条条的席篾把各面都扎严了,一个高粱秆的蝈蝈笼子就完成了。要把蝈蝈装进去,只需把两根席篾抽出,就开了一个小门,放进蝈蝈,再插上就可以了。

用麦秸秆编蝈蝈笼子要比用高粱秆扎蝈蝈笼子难一些,花样也多一些。有椎形的,有塔形的,还有"两层楼"的呢。即使是最简单的椎形的,编起来也是比较费事的。先要选好麦秸,要长一些,粗细均匀一些,把两头掐好备用。编麦秸笼子不用任何辅料,只用麦秸"别"住就可以了。可以编成四角的,六角的,也可以编成八角的,全在打底上。这些角螺旋式上升,越往上越细,最终聚在一起,也就封口了。这种麦秸笼子不用编口,装蝈蝈时,只要顺着螺旋方向一拧就错开了,装好蝈蝈,再逆向一拧,就关上了,方便得很呢。

其实,无论扎高粱秆笼子,还是编麦秸笼子,也都算是技术活,手巧的编扎得不仅快,好看而且结实。常常是那些淘气的精灵鬼们在这方面有特长的。我的手的确是巧的,在这方面我也算是淘气的精灵鬼了,这似乎也是我的天生特质吧,就是动手能力强。这可能是遗传的,我母亲就手巧啊。

2012 年 11 月 7 日

蒲 公 英

离奇的经历

在儿童时代,我经历过几次至今记忆犹新的小事,也算是有点离奇的经历。

小学二年级赶上"文革",虽然我们年龄尚小,但据说也要成立红小兵组织。班级的一位同学比较敢闯,说要组织班级的红小兵组织,约我们几个同学到北安去买红布做袖标。我们几个溜进了火车,又在北安站溜出了站台。一路上总是忐忑不安的,总怕被别人查票时抓住。我已经记不得在北安做了些什么,只记得因害怕进不了火车站,早早地又溜进了站台。当时非常流行戴纪念章,我胸前佩戴了一枚自制的有机玻璃的"为人民服务"纪念章。几位成年人走近我们,与我们攀谈,并趁我不注意一把抢走了我心爱的纪念章。我急得大哭起来,但无论如何也没有办法找回我心爱的纪念章了,同时也感到这次的行动实在是很荒唐的。

小时候,我有一本小人书,书名叫《宝葫芦的秘密》。简单地说,书的内容就是这个宝葫芦可以给你想要的一切。我看了不知多少遍,特别向往能有一个宝葫芦,满足自己的需要。也是一二年级的时候,我的一位同学说他姑姑家有这样一个宝葫芦,让我陪他去,我们每人要一支钢笔。我心里真是乐开了花,不仅是为要一支钢笔,更主要的是想见一见真的"宝葫芦"。我们俩冒着大雪走了半个多小时,到他姑姑家以后,他让我在草垛边等他进去拿"宝葫芦"。我站在寒冷的屋外等了半个多小时,当这位同学空手而归时,我的心也凉透了。我为我的幼稚而羞愧,也为我的同学的"狡诈"而愤愤不平。从此以后我们疏远了,我需要的是真诚的好同学、好朋友。

  大约在我十几岁的时候,杀妻犯刘真要在赵光的东山执行枪决,这是震动全场的大事,很多人去看热闹。我跟着浩浩荡荡的爱看热闹的人群来到了东山,一路上充满好奇,也充满恐惧。执行现场大人们都靠不上前,我们小孩子更靠不上去了。不知什么人喊了一声,行刑完了,大家便潮水般地往回赶,不知不觉地我便落在了人群后面。恰在此时,狂风大作,大雨倾盆而下,转眼之间我的周围已无人影。恐惧和惊慌使我不寒而栗,拼命地往家跑,四五公里的路途,十来岁的小孩、狂风暴雨的天气、行刑场的阴影、泥泞的小路,今天想起来都有点"惊心动魄"。当我跑回家的时候,已经十分着急的父母没有给我安慰,而是严厉的责备。这次经历对少年的我,是一次重要的磨炼,至今记忆深刻。

2006 年 9 月 19 日

"红医班"

"文革"期间，教育"百花齐放"，小学就要组织"红医班"。可能也是因为学习比较好吧，我和一名叫吴华的女同学被先抽出来到一个卫生所学医，一个月的时间，而且是"脱学"的。回来作为骨干再组建学校的"红医班"。

我记得所学的内容主要是三个方面，一是包扎，那时正在搞"备战"；二是针灸，这是最简单的治疗方法；三是中医药知识，这是最廉价的药材。

我的动手能力历来比较强，学包扎一看就会，吹着点说，那些复杂的包扎头部、脚部的操作，我的手法比那些护士还好呢。为此没少受到医生的表扬。

学针灸主要是记穴位，练针法。从头到脚、从胳膊到大腿，我能熟练地找到一百多个常用的穴位。练针法是要在自己的身体做实验的。我记得，进针的要领是在消毒以后，手掐银针尖部，留出半厘米左右的针尖，对准穴位"顿"进去，果断，快速。

学中医实际上是很难的，我所学的连皮毛都算不上。我当时大概能认识近百种中药材，能记住几十种主要中草药的药性。

培训班结束以后便回到班里上课，同时也参加了学校的"红医班"，当然是作为"专家"的。一个月落下的课很快就补上了。实际上，那时的学习任务并不重,要不然肯定是要影响学习成绩的。

　　学校"红医班"的老师姓何,学员是从各年级、各班抽来的,好像有十七八个人。经我极力推荐,把我的好友项学通拉进了红医班。

　　"红医班"组建后实际上主要做了两件事。一件事是学习业务。红医班的学员不"脱学",完全利用课余时间学习医疗卫生业务知识,每天下午放学以后都要学一个多小时。我和吴华算骨干,但也讲不了什么,主要是做示范,讲课主要还是请卫生所的医生来讲。

　　另一件事是挖中药材。挖药一般是利用星期天的时间,地点是草甸子、树林子。挖回来的草药要处理、晾干,学校留一些,多数是卖到医院去了。当时挖得比较多的有防风、沙参、独活、赤芍等等。有一种中药叫掌参,根部入药,样子就像人的小手一样,白白胖胖的,印象极深。

　　挖药材是有规律可循的,不同的药材生长在不同的地方。这方面的知识早已忘记了,记忆很深的是挖赤芍,如何挖得更好更多。起初我专找棵大花大的挖,挖出来才发现没有几根药。后来就去找棵不大但成堆的挖,发现土里有很多根药,有的多达四五十根,一根一根地薅出来,又好又快。

　　有了"红医班"的经历,我也掌握了不少医疗方面的知识。母亲有病,医院的医生用针灸疗法治疗,每天要到家里来,时间长了知道我也能扎,便让我代替医生给母亲针灸,学的知识也算派上了用场。

2009 年 10 月 22 日

蒲 公 英

小 秋 收

　　人们常说的小秋收是指采山货,我所指的小秋收是指捡黄豆、玉米,遛土豆,等等。

　　那时是计划经济,农场秋收的活做得不细,总有漏收的果实留在地里。那时人们生活不富裕,拾点东西补充生活也真起了不小的作用。我家每年都能拾百十斤黄豆,换成豆油和豆饼。特别是"遛土豆",每年可以搞几麻袋,成为养猪的主要饲料。其他像捡玉米、白菜叶子等等,都有不小的收获。

　　给我印象最深的一次是去捡玉米,也称遛玉米。母亲领着我与邻居几个人走了十几里路,才找到刚放倒玉米秸的一大片地。我当时只有十一二岁,但好像有神助一样,常常能在一大堆玉米秸中找到完整的大玉米棒子。当时没怎么去想这件事,现在回想起来大约有以下原因,一是小孩眼尖、手快、腿快;二是我干事有"灵感",专找堆大和整齐的可以"藏龙卧虎"的地方。那天我受到了母亲的称赞。在回家的路上,我独自背了一小袋子玉米棒子,高兴的心情使我轻松愉快,一路走在前面。

　　那时的秋天很冷,加之穿得少,捡黄豆、遛土豆等活都是很辛苦的,但我们总是乐此不疲,没有怨言。每天放学回家后,都自觉自愿地到地里去。现在想来,根本的原因可能是对物质的追求。家庭困难,没有钱买很多的东西,能用自己的双手获得物质上的满足,实在是一件快乐的事。当我找到一穗大玉米或遛到一个大土豆时,那感觉就像吃了一块糖一样的甜。

在秋天,最有吸引力的地方是"罢园"的黄瓜地和香瓜地。不论主人如何细心地摘,总会有些"漏网之鱼"的。提前好几天就打听家属大队的黄瓜地和香瓜地什么时候"罢园"。等到真"罢园"的时候,我们便一窝蜂地冲进去,左右扒拉,找到一个小黄瓜或是小香瓜就好像找到一个大西瓜一样的高兴。

当时,最害怕的是秋雨,不仅是一场秋雨一场寒,更主要的是秋雨带来的麻烦,特别是给遛土豆带来的麻烦最大。土豆上沾满了泥,脚上的鞋也经常被粘掉,等你背着沾满泥的麻袋回到家以后,全身都沾满了泥。但是,当我把遛到的土豆倒出来的时候,一种成就感便油然而生。

能想起来的往事,往往会对人的一生产生潜移默化的影响。那些刻骨铭心的记忆,往往在人的性格和品格中留下印记。

2006 年 10 月 13 日

蒲 公 英

小时候的路

人只要能行走,就注定要和路打一辈子交道。

我小的时候住的是平房,门前有一个庭院,从住房门口连接庭院"大门"之间有一条小路,这条小路也成了家庭生活的重要载体和标志。说是载体是因为许多家庭活动都与这条小路有关,说是标志是因为它的好坏体现治家的水平。

当我能为家庭做点事的时候,便在这条小路上下了一番功夫。我家的这条小路约有1.5米宽,10来米长。那时没有条件铺沙子,打水泥。起初我在小路两旁挖了一条小沟,路虽窄也起了脊,下雨天也能保持比较干。后来又用砖,严格讲是用砖头铺了面,算是高档次了。在这条小路上留下了我的足迹,留下了许多快乐的记忆。

上学时期,上学的路给我留下了极深的印象。上小学时,我家住北岗,小学在南岗,相距有三公里的路。这三公里的路虽然不是很长,但构成却很复杂,有庭院路,有房间路,有街道路,有过林路,也有"马路"、校园路。但不论是什么路,都是"扬灰"路、"水泥"路,晴天扬灰,雨天水泥。我们这些孩子不怕扬灰,也没有这样的卫生习惯,但怕"水泥"。那时生活困难,孩子们基本上没有雨靴子,穿着布鞋,到学校时肯定是湿透了的。最难受的是被泥粘掉了鞋,再把沾满泥的脚穿进鞋里。为此,我最怕连阴天。说来也怪,那时的连阴天还特别的多,真是天公不作美啊!

在我上学的路上,有一片松树林,现在仍然还在。我常常在松树林边上的小路上走,也常常溜进树林里走,脚下软软的,又没有太阳,手里拿着弹弓子,不时地瞄准树上的小鸟射出希望的"子弹",尽管往往以失败告终,但总是充满了快乐的。快乐是与人的欲望相联系的,欲望超过现实便不会有快乐。现在的孩子是不会在我走过的上学路上找到快乐的。

世界上原本没有路,只是人走得多了,便成了路。这句话现在已经不适用了,在我小的时候确实经常看到。挖猪食菜的路,上山采山货的路,那可都是由人踩出来的路。走在这样的路上,我对开路者充满感激,同时也为自己的双脚而自豪,因为它也为后人能走好路做出了贡献。我在挖猪食菜的时候,常常走在人们踏出来的耕地里的路上,既感到方便,又感到不安,因为这条路是以伤害庄稼为代价的,我们受益了,主人却损失了收成。

我家北面是一条公路,那时也叫"垫道",有养路工经常垫土和沙子,所以是很平的。道上的车不多,也就成了我们的游乐场,"上北大道玩去",成了我们的重要娱乐活动。

2006 年 10 月 12 日

蒲 公 英

树林就是我们的公园

　　很难想象这个世界如果没有树将是什么样子。也很难想象三四十年前,如果没有树,我们这些还是儿童的孩子们的生活是什么样子。

　　在我记事以后,我的生活就一直和树林子联系在一起了。开始的时候,我家住在"四委",家的东面是一条大道,一条小沟子穿过大道向东流去。顺着这条小沟子,有人工植造的一片落叶松林,当时就已经长到五六米高了。那个时代,县城里都没有公园,我们的赵光农场就更没有公园了。于是,这片松树林就成了我们这些儿童的"公园"了。我们用蒿子编成手枪、长枪、甚至机枪,然后分成两伙,在松树林里玩打冲锋,乐此不疲。

　　伴着这片树林和小沟子有一片草地,开满了各种野花,也飞舞着各种美丽的蝴蝶。虽然我们是男孩子,但同样把采野花,捕蝴蝶当作一个乐趣。这片松树林给我的童年带来了很多欢乐,也留下了许多美好的记忆。

　　在我十一岁的时候,我家搬到了赵光最北面的地方,房子后面是"北大道",北大道后面是"北树林"。这是一片天然的大树林,南北近一公里,东西有两公里多,以柞树、桦树、杨树等树种为主。我很幸运,离开了一个"公园",又来到另一个更大的"公园",它不仅大,而且神秘,以至于我很多年都没有胆量穿越它。

　　由于北树林比较大,它便有了"森林"的气息。进入北树林,铺满厚厚树叶的林地软软的,树林里飘着布谷鸟的叫声,不时地有花鼠子等小动物在你身边窜过,横七竖八的树枝绊你的脚,扯着你的衣,蜘蛛网也常常挂到你的脸上,哗哗啦啦的树叶声似乎很幽深,望不透的灰暗感觉似乎有些阴森。如果十几岁的小孩子自己进入北树林,可能走不上几十米就会感到害怕了。

我们经常是几个小伙伴一起去北树林,常常是手里拿着弹弓子,衣兜里装着石头子,是去"打鸟",也是去感受森林的气息。那软软的林地,那哗哗啦啦的树叶声,那不知方向的布谷鸟叫声,那"嗖"一声就不见了的小花鼠子,都让我们感到很新鲜、惬意、爽快,有时也是很刺激的。

秋天的时候,在这片树林里有很多味道鲜美的野果子,常见的有刺玫果、山丁子、高粱果等。特别是高粱果(野草莓),那种香甜味美不可言,现在是无法找到那种感觉了。

我是一个比较怀旧的人,一有机会就到赵光去看一看。"四委"的那片松树林还在,树长粗了,也长高了,但已所剩无几,很难成林了。那"北树林"早在20世纪70年代的一个冬天就被偷光了,现在已经成为熟地了。没了这两个"公园",赵光也没添新的公园。不知现在赵光的孩子们到哪里去玩?

现在的孩子们有了很多的玩具,可能已经不需要去树林"公园"里玩了。但是,孩子们在家里玩的东西不缺了,却失去了与大自然接触的机会,与大自然的感情就淡化了,也为人与自然和谐相处埋下了祸根。一个与大自然没有感情的民族,是一定缺乏保护自然环境的自觉意识的。

让我们保护大自然吧,为了孩子,也为了未来。让我们的孩子走进大自然吧,为了孩子,也为了未来。

2006年9月5日

蒲 公 英

左邻右舍

  刚到赵光的时候,我家住在四委。那是一栋土坯房,南北朝向,房顶还是苫房草的。这栋房好像住了七八户人家,有的是独门独院的,算是两间的户型;有的是东西屋各住一家的,中间一个门,两家共用一个厨房,是一间半的户型。各户之间以间壁墙为界,用板皮或细木条夹起一米多高的栅栏,构成了自家独有的前后两个小院,东西屋住着的人家便要共用房前的小院了。屋里的面积总共也不会超过20平方米,实在是小得很。不是防风躲雨,不是吃饭睡觉,不是寒冷、酷热难耐,人们便会到院子里来,忙着自己的琐事,也忙着与左邻右舍搭话,这家好像也扩容了似的,不仅面积大了,"人口"也多了。

  串门这个词现在似乎已经很少听到了,但那时左邻右舍之间的串门是司空见惯的,特别是孩子们,经常是跑了东家跑西家,一个孩子进去,两个孩子出来,两个孩子进去,一帮孩子出来,一会便聚了一群孩子,吵吵嚷嚷打打闹闹地满街玩耍起来。

  大人们串门也经常是没什么"正经事"可谈的,就是邻里们相互说说话,解解闷而已。也别小看了这说说话、解解闷,那是可以排解孤独的。时间长了,经常互相串门的邻里之间便加深了友谊,处成了朋友,开始相互走动起来,开始相互关注、关心,相互帮忙、帮助,成为生活中的相互依靠。

　　我家是从山东"闯关东"来的,在赵光没有一门亲戚,能称得上关系比较亲近的,就是这左邻右舍的叔叔大爷、大娘大婶和小朋友们了。我想,我的父母、特别是我的母亲也是把左邻右舍的人当作了亲人的。中国有句老话,叫"远亲不如近邻,近邻不如对门",这大概不是经验之谈,而是人们的切身感受。

　　记得小时候因与爷爷争饺子吃被父亲打了一顿。我跑出家门在大街上哭,被邻居大婶领回家,内心就感到十分温暖,就像自己的亲婶子一样的感觉。后来,我家搬到北岗的新房去了,我们还经常到老邻居家串门,这种友好的关系保持了好多年。

　　我们的新家是父亲单位盖的家属房,一栋房六户都是同一单位的。从西往东是杨春家、石玉印家、李殿忠家、夏殿臣(连长)家、我家和张代友家。李殿忠和我父亲同行,也是木匠。

　　搬家的时候是冬天。由于房子刚刚交工,还没来得及糊窗户缝,晚上北风吹得呼呼地响,屋里的温度也降到与屋外差不多了。冻得实在受不了,父亲便找夏连长商量,半夜里到单位仓库里拿回许多"腻子"来,用火烤软了,发给各家,连夜把窗玻璃的缝封住了,这才使大家抗过了第一个寒冷的夜晚。

　　这一年春节的时候,就我们这几家互相熟悉,大家几乎天天在一起玩扑克,"欻嘎拉哈",其乐融融,好像一个大家庭似的。时间已经过去四十多年了,有些情形仍然记忆犹新,每每想起来都感到很温暖,很温馨。

　　尽管后来逐渐地认识了许多新朋友,包括住在一片的同学,交往的范围大了,但左邻右舍的关系并没有淡化,而是与日俱增的。

　　当时大家的生活条件都不算太好,生活中的许多物资都是不充足的,有的时候可能油没了,面没了,盐没了。这个时候,就会有小孩子拿着碗、拿着盆去邻居家借一点,渡过难关。等自己买了,第一件事便是还油、还面、还盐,从不会忘的。如果哪家包饺子,都要多包几碗,左邻右舍的都要

蒲公英

送去一碗,大家共同分享这人间美食。

  大概是 1972 年吧,爷爷有病,父亲回山东照顾爷爷近半年时间。一天晚上,炉子不好烧,母亲把炉膛里的煤掏出来放在地上。第二天早晨我们母子二人天大亮了才"醒"过来,是煤烟中毒了,头疼得要炸了似的。这时李婶来了,帮助点了炉子,做了饭,照顾我们母子,真的像亲戚一样。

  左邻右舍是个充满亲切和温情的词汇,是个含有依靠和信赖的词汇。我喜欢这个词汇,尽管现在已经没有实质意义的左邻右舍了,但我却十分怀念往昔有左邻右舍的那段时光。

2013 年 6 月 5 日

考 大 学

"文化大革命"不仅缩短了高中以前的学期,从小学到高中毕业一共才上了九年学,也剥夺了我们这一代人直接上大学的权利,高中毕业就要参加工作,大部分人还没年满十八周岁呢。

粉碎"四人帮"后,邓小平同志主持中央工作,果断决定恢复高考。"文革"以后的拨乱反正,恢复高考是极其重大的拨乱反正。纵观世界,大概是没有哪一个国家乱到不办大学的地步的。

1977年恢复高考,就像春雷滚过中华大地,教育的春天真的就来了。我是幸运的,尽管小学、中学加起来仅仅读了九年的时间,即使是在"教育革命"的形势下读的,可我却是当时相对的好学生,也许是我内向安静的性格使然。于是,高考来了,我的老师们都动员我参加高考。

上大学对我来说太有吸引力了,我高兴地跑回家和父母说要复习考大学,没想到父亲不同意。不同意也是很正常的,父亲不久前被车撞断了腿,还拄着拐呢。所以我也没说什么就放弃了这个打算,因为家里就我一个孩子,我走了家里的事谁来打理啊。

放弃是放弃了,但心里不太好受啊。大约是单位的领导看出了我的心事,也许是单位的领导认为我是应该考大学的,所以校长便找我说,小赵,你怎么不复习考大学呢?我如实向领导汇报了家里的情况。校长很

蒲公英

认真地说,我找你父亲谈谈吧,你家里的事单位是可以帮助的。正好当天单位晚上放电影,校长让我买两张票,他要和我父亲坐在一起看电影,顺便和我父亲谈谈。

第二天早晨,父亲对我说,你去考大学吧,有些困难我们也能克服,你单位的领导也说大事单位会帮助的。我当时的心情是既高兴、又心酸,有了考大学的机会,但考上了就不能承担照顾家庭的责任了。然而,毕竟考大学的诱惑力太大了,我没办法放弃这个机会。我是十分感激我的校长的,不是他的努力,我就不会有这难得的考大学的机会了。

从父亲同意到初试,就剩下15天的时间了,我急忙收集了几本数理化的书,找了一些政治方面的书,夜以继日地复习文化课。但是,我们那九年学的知识的确是太有限了,加之又扔了好几年,十几天的复习时间哪够啊。初试的时候考的都是初中的内容,靠老底子过了关。但到了统考的时候,考的大部分是高中的内容,很多知识都忘得差不多了,也就理所当然地"名落孙山"了。

我并没有懊悔,因为我知道自己的差距,考不上太自然了。我们单位有一位知青,是老高三的,不用课本讲有机化学,可以用倒背如流来形容。我是十分珍惜这个开端的,有了这一次,还有第二次呢。于是我把目标定在第二年高考上了,下决心好好复习一年,立志要考上大学。

我真是扎扎实实地复习了一年的时间,一边工作,一边学习,一边照顾家里,每天只能睡几个小时的觉,经常学习到半夜。功夫不负有心人,等到考试的时候,我似乎已经是比较有把握能考上大学了。

1978年高考仍然有初试,初试的时候我的成绩在北安管局是排在前十名的。统考过后,自己觉得考得不太理想,但也觉得上一所大学是没有问题的。考分公布了,我考了318分,当年的本科分数线是310分。由于没报好志愿,只被黑河师范学校大专班录取了。

我陷入了痛苦的抉择之中。当时我的工作是不错的,电影放映员,技术工种,在单位已经打开了工作局面,管教学的校长想让我去当教师,去一个大专班真是不甘心啊。经过几天的思想斗争，最后我下决心放弃录取机会，来年再考，一定要考上本科大学。

下这个决心是需要点勇气的，一是当时的招生政策是不服从分配的不允许来年再参加高考，二是上大专也是一次重要的机会，放弃了也是十分可惜的。我给省招生办写了一封信，说明自己希望当工程师，不希望从事教育工作，能不能允许我明年再考一次。省招办真的很负责任，给我回了一个加盖红印的纸条，上面打印的字我现在还能背下来："请速将入学通知书退回录取学校，允许你明年继续参加高考。"落款是黑龙江省人民政府招生办公室。收到这个"批复"，我百感交集，喜出望外，不是他们的大气和负责任，我便失去了上大学的可能性，即便以后可以上成人大学，可以自学考试，但那就是两码事了。我一直到现在都在感激省招生办，是他们给了我上大学的机会，也可以说给了我创造全新生活的希望。

我很后悔没能很好地保留这张决定我命运的"纸条"，如果能保留至今，它会成为我的"传家宝"的。

我把省招生办的回函夹在复习大纲里，又投入了新的一年复习之中，而且更加用功，更加执着。功夫不负有心人，在1979年的高考中，我以315分的成绩顺利考入了全国重点大学东北重型机械学院，是一所"工程师的摇篮"的重点大学，为圆我当工程师的梦开了一个好头，创造了必要条件。

记得在上中学的时候，同班的同学就说，赵洪生将来一定能考上大学。我不知道我的同学是有远见，还是觉得我当时学习好，但的确对我是很大的鼓励的。无论如何我是证明了同学们的远见的，尽管是用了三年的时间，但目标终于是达到了，而且是相当理想地达到了。

人的一生是不能没有目标的，而设定了目标就要为之不懈地奋斗，直到成功。

2012年11月12日

浪 花

浪 花

我 喜 欢 雨

可能我是木命,要不然我怎么这么喜欢雨。雨露,岂止是滋润禾苗壮,也伴随孩提时的我成长。

我喜欢雨。我常常在下雨的时候不打伞,不披雨衣(其实也没有)跑出去玩,尽情地享受淋雨的乐趣。记得我家在"四委"住的时候,离火车道大约五百多米,每逢下大雨时,两条火车道之间就形成了一条"小河",我是这条小河的"主人",最有趣的是"赶"着自己制作的"军舰"在"河"中行驶。

当我家搬到北岗以后,一下大雨,"北大道"的路面上就汪出许多水坑,它能"影"出天,显出"高深莫测"。我的乐趣是想象它的"高深",然后一石击破它的"高深",又去静静地等待它恢复"高深"。

我父亲在赵光供应站工作,露天堆放的货物总是盖着防雨的苫布,常常在低洼处形成"天然"的"浴盆",冒雨洗澡十分惬意,也解决了我这旱鸭子无处洗澡的难题。

我不怕雨。小时候挖猪菜常常遇到雨,甚至有时是明知天有雨,偏向雨中行。因为要是怕雨,猪就得饿肚子。小时候上学要走三四华里的路,家中没有伞和雨衣,防雨工具是一条麻袋,小雨管一会儿用,大雨一会儿用也管不了。索性不用它,用加快速度和不断躲避来减少雨淋。不管多大的雨,从来没有影响我去上学。

现在的孩子们可能不喜欢雨了,因为他们有太多的玩具,有太好的条件,用不着雨去陪伴。现在的孩子们,岂止孩子,也包括大人们可能是"怕"雨了,因为现在发展了、富裕了,不仅有雨伞、雨衣,有的还有车。但是,我仍然喜欢雨,这是时代在一个人身上打下的烙印。每当下雨的时候,我都趴在窗户边去欣赏雨,去欣赏大雨后的彩虹,去享受雨后的清新和凉爽。

我属于思想稳定型的人,不会在变化了的条件下轻易改变自己。因此,有些同志、朋友说我太老成了,不太适应新的"形势"。对此我并不反感,我愿意固守我的"本",不在花花世界里迷失了自我,不在污泥浊水里毁掉了自我。

2006 年 9 月 7 日

浪 花

好 大 的 雪

今年的雪来得早,下得大,黑龙江大地早已银装素裹,好一派北国风光。

星期天回黑河给岳父过八十大寿,从哈尔滨到黑河,一路上久违了的雪景让我浮想联翩,到进入黑河时便有些欣喜若狂了。

路边的绿篱戴上了厚厚的"雪绒帽",松树上挂满了硕大的"雪梨花",枯草已经埋没在厚厚的"雪绒被"之下,马占山雕像也换上了雪白的"雪斗篷"。清雪机排着队梯次地隆隆开过,刚刚看见柏油路面,一会又被飘飘洒洒的雪所覆盖。我情不自禁地大喊一声,好大的雪啊!

这样的大雪确实是好多年没有见到了。我非常喜欢出自雪乡的几幅雪景照片,也想在黑河拍出几张好的雪景照片,特别想拍几张俄罗斯风情园的雪景照片,只可惜这几年来一直没有遇到像模像样的大雪。见到黑河今年这样的大雪,我便特别后悔没把照相机带回来,这的确是一个不大不小的遗憾了。

东北农村过年有杀年猪的习惯。每年大雪过后,家家开始杀年猪,把大块的猪肉埋进洁白的雪里,防止猪肉风干。这个时候也是吃杀猪菜的时候,不管谁家杀年猪,都要请上一批一批的亲朋好友来吃杀猪菜,屋外白雪皑皑,屋内热气腾腾,别具一番情趣。我这次回黑河也正是杀年猪的

蒲 公 英

时候，又正赶上一场好大的雪，便也受朋友相邀吃了一顿东北大餐杀猪菜。屋外白雪皑皑，屋内友情融融，真的别具一番情趣。

在大雪的装点下，黑龙江公园更加美丽了。白鹅绒铺地，白丝纱飘逸，白梨花绽放。在公园里，到处都是洁白的雪，走在雪里软绵绵的，伴着"沙沙"的响声，多么惬意。

公园里的雪足足有三十多厘米厚，一脚踩下去就没了脚脖子，雪就灌进鞋窠里，一股清新的凉意袭遍全身。有很多人像我一样喜欢踩雪，公园的雪地已经被人们踩零乱了。

大地已经被大雪严严实实地覆盖了，瑞雪兆丰年，明年又是一个好年头。

北方是应该有大雪的。

2012年12月13日

浪 花

跨界的乌鸦

乌鸦是极其"聪明"的动物。

上小学的时候,我们都学过一篇课文,题目是"乌鸦喝水"。这则小故事讲的是乌鸦渴了,发现一个玻璃瓶子里面装有水,但是瓶口太小,水又不满,乌鸦怎么也喝不到水。聪明的乌鸦便用嘴衔来石子投入瓶中,使瓶子里的水渐渐地升高,乌鸦便轻松地喝到水了。故事内容很经典,到现在还记忆犹新。

前几年,在电视上看过一个电视短片,是介绍动物界十大聪明动物的,乌鸦名列其中。一只乌鸦把核桃丢在马路的斑马线上,让过路的车压碎了,自己再飞下来若无其事地吃核桃仁。过路的人,过路的车都得"让"着它,因为它是在"人行"道上的。这是短片中日本乌鸦的一个"故事"。看起来乌鸦真的是够聪明的。

在黑河,每天早晨天刚刚亮,便有成群的乌鸦从江对岸的俄罗斯飞过来,一群一群的,大约有几千只吧。

等到太阳快要落山的时候,这些乌鸦便早已开始三五成群地飞回俄罗斯去了。

乌鸦应该是没有国界概念的,它们这样有规律地来回地飞是为了什么呢?

蒲 公 英

我想,乌鸦早早地从对岸飞过来,应该是觅食的。

事实上,那些没有"存食"习惯的动物,早晨醒来的首要任务大概就是觅食,聪明的乌鸦更不会例外了。

那么它们为什么不在俄罗斯觅食呢?答案是简单而肯定的,在中国食物多。中国真是发展、富有了,连乌鸦都晓得中国的食物多,转念一想,不对啊,乌鸦吃什么呀?乌鸦是食腐动物,而正因为如此,乌鸦才不受人们喜欢,也没有人想吃乌鸦肉的。

如此这般,乌鸦成群地飞过江来,证明的是一件事,中国腐烂的食物多。这些腐烂的食物是如何形成而又让乌鸦获得的呢?这便暴露了我们的一些陋习。

首先是浪费问题。我们太好面子了,经常是一顿饭吃剩下很多食物,剩下就不吃了,就倒掉了。当然这也是生活习惯问题,如果是分餐,这个问题可能就解决了。

其次是垃圾处理问题。大概有一些垃圾场没有掩埋措施,特别是农村的一些村民习惯性的垃圾点,那就是随意地倾倒垃圾了。而这些没有掩埋的垃圾和随意倾倒的垃圾里是含有大量的可食物质的。

所以说,成群的乌鸦每天早晨跨江而来,是给中国"抹黑"来了。

那么为什么晚上乌鸦又要飞回俄罗斯去呢?吃饱、喝足了,在中国找个地方睡就完事了,为什么还要费很大气力回去啊?虽然没有手续要办,飞也是费力气的啊!

我真的没去考证乌鸦飞回去"住"在哪里,但我分析乌鸦为什么要飞回去的原因无怪乎两点,一是安全,二是舒适。这大概是动物选择"居所"的共同标准吧。

乌鸦是没有人吃的,所以也没有人打乌鸦,甚至都很少有人去打扰乌鸦。所以乌鸦飞回俄罗斯,肯定不是因为安全的问题,而是另有原因。

原来乌鸦是喜欢在二十多米以上的大树上成群筑巢的,如果没有这样高的树,它们便会成群地离去,另选"高枝"。乌鸦飞回俄罗斯原来是

浪 花

因为俄罗斯的大树吸引。相反,也可以说是我们把成片的二十多米高的大树砍伐了,把乌鸦"逼"出国了。

　　唉!这可怜的乌鸦,为了食物,也为了能筑巢的大树,就得这样不知疲倦地飞过来,再飞回去。

2013年1月9日

蒲公英

麻雀与扫帚梅

　　鸟类之中大概麻雀是最普通,最平常的。花卉中大概扫帚梅是最普通,最平常的。记得有一年,市里要评市花、市鸟,一位老领导便开玩笑说,不用评了,"市花扫帚梅、市鸟老家贼",老家贼是人们对麻雀的俗称。
　　麻雀的确是再普通不过了,似乎是与人为伴的,你看城市空中飞的,乡村屋檐下叫的,那就是极普通的麻雀。它们的普通在于随处可见,在于并不美丽,在于"无关紧要",见到它没有欣喜,见不到它也没有失落。它却实实在在地和你一起存在着,独自欢快地生活着。
　　对人类身边这极普通的鸟类,人类曾经是错待了的,把它们收入"四害"的范围,几近斩尽杀绝。
　　当麻雀几乎灭绝的时候,人们才发现,虫害来了,原本认为与人类争食的麻雀,却是害虫的天敌,它保护的粮食远远超过它"抢"的粮食。于是聪明的人类省悟了,放弃了打麻雀的错误做法,麻雀便以自身极强的生命力迅速地繁衍,那些虫害便消失了。
　　现在人们与麻雀似乎是相安无事了,人们主观上不再去伤害它们,但骨子里却也没有高看它们的。人们不曾给它施舍过食物,它们除了到成熟的庄稼地里去寻食,就是在城里、在村庄里寻找人们丢弃的可食的东西。人们也不曾把它们放在笼子里养着去欣赏,也正因为如此,它们便永远是自由的。人们并没有吃麻雀的习惯,所以麻雀总体上是安全的。

小的时候,我们这些淘小子,大都是有过用弹弓子打鸟,用筛子扣鸟和掏鸟窝的经历的。仔细回想起来,似乎并没有真的伤害过多少只麻雀。让人类始料不及的是大范围地使用农药,使得麻雀大面积地减少,例如四川省有些地方几乎绝迹。大概江苏省的情况更糟一些,因为江苏已经把麻雀列为省级保护动物了。

扫帚梅确实是最最普通的花,但我却不知它本不是我们"土著"的花,而是引进的"洋花"。

据说扫帚梅原产于墨西哥,是哥伦布发现新大路时由水手带回欧洲,然后又由法国传教士在19世纪末带入我国的,至今也才有一百多年的时间。但是,就是这区区一百年时间,扫帚梅就已经成了遍布城乡最多最普通的花了。在传入中国之前,扫帚梅的名称是波斯菊,属菊科植物,波斯是希腊语 cosmos 的音译,意为宇宙、秩序、和谐。这是不是就是扫帚梅的品格呢?

小的时候,我喜欢在房前屋后的板杖子边上种一些扫帚梅。实际上也不仅是我,大概很多人都是喜欢种扫帚梅的。

扫帚梅的花期很长,七八月份的时候,扫帚梅开花了,五颜六色的,随风摇摆,生动好看,可以连续开上两三个月,而且耐寒,一直到深秋,甚至快上冻时才凋谢。

大家都喜欢种,也都能种扫帚梅,除了它确实好看之外,大概还是因为这普通吧。种扫帚梅是不需要成本的,花籽可自产,可随意向他人要一些也未必就值得去感谢的。把花籽随便地撒在地上,用脚踢点土盖上,它就可以随着季节发芽生长开花了。

由于扫帚梅的普通,由于扫帚梅的易种,也由于扫帚梅顽强的生命力,我们经常可以看到公路边上一簇簇的扫帚梅,沿着公路连出一条长长的"花带",可以看到城郊大片大片扫帚梅的"花海",也经常可以看到田间地头扫帚梅在绿色中的鲜艳娇美。我现在到农村去得少了,也不知农

蒲 公 英

家的房前屋后,是否还有那么多的扫帚梅,是否还在开着,我是经常想象着,扫帚梅那种清晰可爱的样子的。

鸟是可爱的,花是美丽的。高贵的鸟、高贵的花往往成为少数人所爱,只有普通的鸟,普通的花才是大众的。

2013 年 5 月 31 日

浪 花

满天星斗

在黑河举办中俄文化大集期间,我应邀回去参加有关活动。此时正是初秋时节,可谓天高云淡、秋高气爽。

黑河的空气十分清新,吸一口就令人陶醉。我禁不住由衷地大喊一声,尽情地呼吸吧!

晚上,在世纪广场举办了大型开幕式,然后又举办了大型焰火晚会。腾空绽放的礼花把黑龙江上的夜空装扮得绚丽多彩。当满天的礼花散尽的时候,我突然发现了更加引人入胜的壮丽美景——满天星斗。

小的时候,我几乎天天都要在夜晚出去玩儿。在回家的路上,又几乎天天都是顶着满天星斗的。记得有一次陪母亲去参加家属大队的一个什么会,我坐在地上没什么事,只是双眼盯着满天星星出神,那一眨一眨的星星离我有多远啊?星星上面有人吗?

参加工作以后,也是常常地在黑夜里行走,但往往是低头想事的时候多,抬头望天的时候少,那看起来一成不变的满天星斗便游离了我的视线。

但是,有一种情形我是刻骨铭心的。在赵光农场生活期间,每年冬天都要到林场去拉烧柴。冬天的白天很短,我们都是顶着星星出发,顶着星星而归。干了一天的重活,汗早已把内衣湿透了。在归来的路上,我常常

蒲 公 英

是裹着大衣仰躺在装满木柴的车上,车厢一颠一颠的,满天的星斗也动了起来。我寻找着有名的星座,数着不知名的星星,数着数着就到家了。

过了很多年以后,我做了一个不大不小的官,下乡到一个很远的地方检查工作,晚上住在乡干部的家里。火热的炕头让我似乎想起了过去的时光,而半夜到屋外小解,仰望天空满天的星斗,把我拉回了久违的家乡,久违的童年。

科学家说我们能看得见的星星叫恒星,恒星也是在运动的,只是离我们太过遥远,不借助特殊的工具和方法很难发现它们的位置变化,所以古人称它们为固定不动的星体。科学家给出了亿万年前北斗七星的位置图,完全不同于现在的"勺子"形状。相对于天文时间,人的一生显得过于短暂,因此也只能看到不变的北斗星图。等我们老的时候,满天的星斗还是与儿时一样。

回到家乡,朋友是热情的,九点多了还要去吃烧烤喝啤酒。席间大家谈论起了这满天的星斗。大都市里的人们便感叹了,说只有在黑河才能这样清晰地看到满天的星斗。有一位和我一样从农村到都市的长者说,他回到家乡,曾经把照相机放在草地里,用极长的曝光时间拍下的满天的星斗。

我想,人的一生,似乎也是仰躺在尘世间,用一双眼把满天的星斗印在心间,来去不变。

2012 年 8 月 28 日

浪 花

明媚的晨光

连续阴雨了好几天,今天早晨醒来,从窗帘的缝隙中看到了明媚的晨光,顿觉精神一振。赶紧起床,三把两把完成了洗漱,穿衣冲出房门,投入到了明媚的晨光之中。

空气中还充盈着水汽,使初夏的鲜花更加鲜艳,青草更加青翠,绿叶更加翠绿,在明媚的阳光下,散发着芬芳,滤制着清新。在这样的环境之中,健脑、润肺、强体、提神,人的活动与自然的活动融为一体,创造出一种超然的意境,一种现实的美的享受。

大自然是公平的,它把自己创造的美公平地洒向人间。因此,热爱大自然的人,没有绝对的富有,也没有绝对的贫穷,他们不太受物质条件的左右,他们的幸福取决于自然的恩赐,他们的快乐是与自然的和谐。于是我就想到,在这样明媚的晨光之中,那些露宿街头的流浪汉比我此时的感受或许还要强烈得多。

人类社会也是以追求公平为基本原则的,只是追求的过程也在创造着新的不公平,甚至还在破坏着大自然的公平。现实的经济发展成果提高了人们平均收入水平,但也拉大了贫富的差距,给了我们更多的物质享受,却又无情地夺走了许多明媚的晨光。

网上说,北京的空气质量世界排名第77位,被戏称为"尘都"。于是

蒲 公 英

北京"经济圈"震惊、震荡了,决策者做出了艰难的抉择,一大批喷云吐雾的大烟囱轰然倒塌,不再抹黑明媚的晨光。尽管这样做会牺牲一些GDP,但增加的明媚晨光和蓝天白云将公平地洒向人间。

中央电视台每天早晨六点的时候播出一段悠扬、清新的"晨曲"。当你闭上眼睛去享受它的时候,脑海里出现的是蓝天白云、旭日东升、习习微风、婆娑树影、鸡鸣鸟叫、袅袅炊烟……那就是一幅幅绝美的"晨光图"啊!

2014年6月5日

浪 花

难得的城中绿意

双鸭山市是一座新兴城市,建市仅仅五十多年的时间。建市的时候,选择了毗邻集贤老县城的双鸭山脚下,因煤而兴,随山而名。

这里是完达山山脉南麓,与双鸭山毗邻着许多座小山,新兴的双鸭山市市区沿着这起伏的山地发展起来。城市建筑基本上都建在山脚下,除了尖山子上建了密密麻麻的建筑之外,其他的小山都保留了完整的植被,绿树成荫,郁郁葱葱。

随着经济社会的快速发展,市区不断扩大,特别是近几年,城市建设日新月异,发展很快。但是,聪明的双鸭山人没有去破坏山的绿色,而是尽可能地保护和利用山的绿色,并把十座小山收在怀中,形成了"一城十山"的独特景致。于是,双鸭山变成了一座名副其实的山城,也因山上保留着茂密的森林而成为一座名副其实的森林城市。

不仅如此,双鸭山市还沿着安邦河打造了人工绿化长廊,绵延十几公里,绿树、绿草、鲜花,争芳斗艳,和着潺潺的流水,伴着郁郁葱葱的"十连山",好一条令人流连忘返的生态长廊。

我们似乎正处在新一轮的城市化运动之中,而这一轮城市化运动的特点是速度快。城市建设是烧钱的事,政府在短时间内哪来的钱呢?靠发展经济是满足不了的,唯一的办法就是卖地,把可用的地都卖了换钱搞建设。于是那些缺乏远见的城市管理者、建设者们,把城市建得拥堵不堪,没了绿地,没了森林,只有路边那些低矮的绿篱和孤独的行道树淹没在钢筋混凝土"森林"和光怪陆离的灯光之中。从这一点上讲,双鸭山是值得骄傲的,双鸭山人是幸运和富有的。

  人们往往把发展和环境对立起来,其一般原因是贫穷。因为贫穷,就要快速地发展。因为贫穷,就不怕环境恶化。但是,现在不仅是因为贫穷而使发展与环境对立起来,而且是因为牟利而使发展与环境对立起来,甚至是因为"政绩"使发展与环境对立起来。从某种意义上讲,因为贫穷而使发展与环境对立起来,似乎算是情有可原的。但是因为牟利和"政绩",而使发展与环境对立起来,则无论如何是不应该的了。前者是因为生存所迫,后者则是因一己私利或徒得虚名而贻害子孙。罪过啊!

  我到双鸭山市的益寿山爬过山,山坡上大片柞树林美不胜收,就是在远离城市的山区也是很难见到的。于是,我想起了儿时赵光农场的北树林和东山,它们消失在二三十年前,成为良田,使得原本绿树环绕的小城镇失去了绿色屏障,也失去了城镇的绿意,每每想起我都痛心不已。我的家乡尚不能算是城市,但却已经远离了森林绿意。

  据说人类的祖先是鸟,鸟是森林的"居民",难怪人类如此地热爱森林呢!

  那就让我们行动起来吧,去保护森林,去植树造林,去栽花种草,去营造城市的绿意!

2015 年 7 月 7 日

浪 花

你要什么样的生活?

双鸭山市四方台的达紫香今年开得早,刚刚 4 月 25 日,满山的达紫香就盛开了。花间的绿叶告诉我们,这时已经过了最佳观赏期了。

为了躲开观花的人潮,我们起了一个大早,但还是晚了,山上已经有很多早起的观花人了。人们对自然美景的热爱超出了我们的想象力。

盛开的达紫香确实是很美的,但是今天的天公并不作美。太阳被是雾或霾遮掩着,远山灰蒙蒙的,没了光彩,没了层次。

这里已经是远离市区的大自然了,但却没有了自然的清新和色彩。在与人类的抗衡中,大自然是输给人类了。那么,人类是如何变得与自然为"敌"的呢?唯一的理由可能就是"物欲"作祟吧?!

听说有一位名人最近发出了如此的言论,他说尽管现在环境被污染了,但是如果让我选择的话,我仍会选择现在的被污染了的富裕的生活,也不愿意过过去那种贫困的生活。我觉得这话是有点片面性的,似乎也有点给破坏环境的人开脱责任之嫌。我们当然是不想过过去贫困的生活的,但是富裕的生活未必就应该是环境污染下的生活。换句话说,富裕的生活不一定必须通过污染环境才能获得。

前几天在电视上看到,内蒙古的大草原出现了因挖煤而发生的沉陷坑。为了恢复草原植被,当地政府不得不投巨资治理。一方面是发展了,

蒲 公 英

一面又要用发展的收益去修补对自然的破坏,而修复的投入往往比收益还要大。

其实,被人们破坏的自然生态是很难人为修复的,只能依靠大自然的自我修复,而这种修复过程往往是十分缓慢的,在有些方面(比如地下水的污染)是需要几十,甚至几百年才能完全修复的。也就是说,我们这一代人造的孽会殃及我们后代子孙的。

想到这些,我们还会对我们享受的"被污染的富裕生活"而心安理得吗?

不知大家注意到没有,不少以污染环境为代价的发展,受益者并不是普通的老百姓,而是极少数的投资者、投机者。他们用非理性的发展获得的巨额财富过着奢华的生活,而让普通的老百姓去承担他们造成的环境污染的伤害。这是不公平的!

从一般感官上讲,富裕的生活,即使是呼吸被污染的空气,喝被污染的水,吃被污染的食物,的确也比吃不饱、穿不暖的贫困生活要好些。但是,人们的生活感受绝不能仅仅停留在感官层面上,还应该有更高层面的追求,况且我们已经不再吃不饱、穿不暖了,也就是说我们已经具备了吃得饱、穿得暖的条件了,是可以不用太过着急而非得用污染环境的方法去换取更大的利益的了。

四方台是一个以煤炭开采为主的城区,由于国家限制煤炭的使用,加之整顿小煤矿,煤炭产量下降,经济发展减速,四方台的财政收入大幅降低,到了开工资都要靠市政府借款的程度。但是,他们仍然从"牙缝里"挤出一点钱,在自然景区保护建设上做了一些工作,实在是难能可贵。如果我们在环境保护上都有如此共识,无疑是民族之大幸也。

据说四方台有三样东西是很受大家欢迎的,一是大煎饼,二是水库鱼,三是太保驴肉,都不是高档和珍贵的东西。看起来,能勾出人"馋虫"的也不一定非得是山珍野味和生猛海鲜不可。同理可证,能让人感到穿着舒适的也不一定非得是绫罗绸缎不可。人们的物质生活感受是和人们

浪 花

的生活状况、生活理念相关的,没有统一的标准。但是,有一个标准却是一致的,那就是不要伤害健康!不知道那位名人是否同意这一点。

  回到住处,我打开相机欣赏拍的照片。达紫香真美,只可惜没有蓝蓝的天和白白的云!

2014 年 4 月 25 日

蒲公英

平房和楼房

　　住平房最大的特点是进出方便,屋里户外经常地交换着,人与自然、人与人也经常地交流着,也为人与自然的和谐、人与人的和谐创造了条件。

　　古人造屋就是为了防风避雨的,渐渐地发展成为固定的生活依托之处,并总是循着自然环境而建,其目的也是便于人与自然相接,人与人相融的。

　　我小的时候,家家住的都是平房,一栋房好几户,门挨着门,房前屋后大都有一片小菜园子。这样的房子一排排、一片片的,便构成了村子,再大一些的就可以叫城镇了。

　　那时候平房面积都是很小的,二三十平方米一户,屋里挤挤的,除了刮风下雨,吃饭睡觉,人们大都不喜欢在屋里,总是喜欢跑到庭院里,跑到院外的街道上去,去和自然,去和人亲近交往。

　　人来源于自然,与大自然有着天然的联系。人都是喜欢大自然的,即使是风啊,雨啊,烈日啊,也阻挡不了人们进入大自然的脚步。大自然的无穷魅力永远是人类向往的。平房的屋里和大自然就隔着那随时可以打开的一道门,你把门打开,大自然便又连到了屋里。

　　人是群居的,孤独是人类最残酷的境遇。居住在平房里的人们交往频繁而融洽,小伙伴们常常跑到一起玩耍,大人们也常常在院子里相聚闲谈,不仅同住一栋房子的人们都熟得很,就是住在一片的人也都互相了解熟悉的。感情交流,物质互通有无就像家常便饭似的,如果哪一家包了一顿饺子,大概这一栋房的几户人家都可以吃上一小碗的。

  人类是离不开大地的,脚踏实地心里便踏实了。人有接地气的本能需求,为什么又选择高楼大厦去住呢?其实这是城镇化"逼"出来的,是集约化"逼"出来的。当然,到了现代,人们喜欢住楼房则是图个方便舒适。但是,假使人们把平房建得像别墅一样,恐怕人们还是喜欢选择平房居住的。别墅原指的是在郊区建造的供休养的地方,现在人们为了享受别墅级的"平房",便成片地开发,成了住房中的奢侈品了。

  现在城里人都住在高楼大厦里了,回到家里,关上家门,就成了独立王国,似乎有点与世隔绝了。同住在一栋楼、一个单元里的人家,也有点"老死不相往来"之意味呢。

  受伤害最大的是我们的后代了。学校的学业压得孩子们喘不过气来,同学之间的交流也减少了。回到家里,除了上各种班之外,基本都是在屋里看书学习。于是也便缺乏人与人之间交流沟通的主动性和方法,他们的智商是很高的,但情商却普遍比较低。

  其实住在楼房里,对成年人也是有不少伤害的。邻里之间大都不相往来,互相之间缺少一种默契,也缺乏相互之间的人文关怀,那句"远亲不如近邻,近邻不如对门"的老话完全失去了意义。

  住在楼房里,人的一生大部分时间是不接地气的,加之各种辐射干扰增强,人体内的阴阳失衡很难调和,便可能影响健康,生出各种花样的病来。

  现在有钱的人都在郊区买栋别墅,苦就苦了城里的平民百姓了,住在类似于鸽子笼的楼房里,"享受"着蜗居式的生活。人们现在多么希望返璞归真啊,也到乡下去享受一下田园风光,过一过田园生活。

  农村现在也开始建楼房了,有了楼房便失去了平房的生活。农村城镇化似乎不应该走城镇的"无奈"之路的,不要把自己也封闭起来。农村应该在平房的基础上增加各种功能,打造出平房别墅的品质来,再加上房前屋后的小菜园子,那将是一种什么样的生活环境啊,那可是城里人现在十分渴求的啊!

  我特别留恋经营自家小菜园子的那种生活。春天来了,天天到小园子里查看冻硬的土融化了没有,等土化到一锹深的时候,就一锹一锹地把土翻过来,把"土坷垃"拍碎了,把地整理得又平又细。然后用镐备好垄,依着农时去种各种蔬菜。整个一个夏天和秋天,都可以吃到自家小菜园子里的新鲜蔬菜。

  不知道我还有没有这样的福气,去拥有一幢哪怕是两间有着前后小园子的平房,这也是我现在的一个"梦"吧!

2012 年 11 月 16 日

浪 花

登临七星峰

　　从哈尔滨到双鸭山,沿途有许多"豪气冲天"的广告牌。我之所以将豪气冲天引进引号里,当然是觉着夸张得过了点火了,即便是夸张,也是要着点边际的啊。所以,我对现在的马路广告是持怀疑和否定态度的。但是,"一座七星峰,半部抗联史"这句话还是给我留下了深刻印象的。尽管我知道这句广告语中肯定也是有夸张成分的,但我相信七星峰肯定是抗联最重要的根据地之一,有精神,有传奇,也有遗址,有遗迹。我一向是对抗联精神深怀敬意的,并且对自然山水有着本能的喜爱,于是便决定去七星峰一游。今天是星期天,天气也好,正好去游七星峰。

　　现在旅游业发展似乎是有点过热的,无论天南海北,不论城市乡村,都在发展旅游业。于是好一点的风景,多少有一些历史文化的地方,都被包装开发成旅游景点、景区。七星峰既有很好的自然风光,又有抗联的历史文化,很自然地就被开发成旅游景区了。七星峰国家森林公园已建成了,七星峰就在森林公园的核心区。

　　七星峰国家森林公园距双鸭山市区40余公里。虽然已经进入4月中旬了,但大地尚未显现出多少生机,草色遥看近却无,只有潺潺的流水给人们送来了春天的欢快,远山近树却依然显得深沉凝重。

　　由于初春的气温仍然比较低,尽管是星期天也未见太多的游客,七星

蒲 公 英

峰下停车场上没有几台车停放。我看了看表是十点一刻。大概是时间尚"早"吧。

　　站在停车场上瞭望，七星峰耸立在山顶上，人们也称七石砬子。这里是完达山脉那丹哈达岭西北走向的支岭的下部，平均海拔420米，七星峰海拔852.7米，是完达山脉和三江平原第一高峰。

　　从停车场到七星峰修了木栈道，给登山者提供了很大的便利。栈道总长度1600米。在栈道入口的地方，工作人员告诉我们上山下山大约会用两小时左右的时间，并告诉我们上山不要走太快，快也抢不出时间来。因为你走快了就会气喘吁吁，然后就不得不停下来休息一会儿，还不如一步一步稳稳地缓慢地登上去好。对此我却不以为然，不就1600米吗?!

　　刚走了不到一百米，我就被一棵又高又大的杨树吸引住了。这是一棵大青杨，树高有40多米，直径也有一米多，大有鹤立鸡群之势。树身上有一小木牌，标明树龄331年。不知哪年钉上去的，是否科学考证过。

　　山上的积雪在融化，也可能汇积了山泉水，每走不远便会有清澈的溪流哗哗地轻快地流着，勾起人捧起来喝上几口的欲望。尽管这溪水不曾处理过，但我敢肯定地说，它一定比我们经过处理的自来水要清洁不知道多少倍的。

　　栈道并不是很陡，登上五六七个台阶便会有一段平台。走过四五百米之后已经是有些微汗，也有些喘了。我想起了不要快走的"警告"，便反其道而行之，加快了脚步，不消一百米，果然灵验了，需要停下来喘口气了。待我把气喘匀一些，后面的人也慢慢地上来了。

　　山越来越陡了，渐渐地看见石头了，石块也越来越大。此时，我便想起了抗联战士，他们可能是把这大大小小的石块当作掩体的。于是，我开始仔细地打量着四周的山体，构想着抗联战士的艰苦生活和残酷战斗的情形。在凶残的日本鬼子的封锁和围剿之下，在这茫茫的大森林之中，在大雪纷飞的寒冬，衣不遮体，食不果腹，弹药紧缺，没有有效补给，抗联战士靠什么坚持生活和战斗呢？答案是肯定无疑的，那就是民族的使命感和自尊心,宁死不做亡国奴是他们生活和战斗的精神支柱,也是生活和战斗的底线。

抗联是一个成分比较复杂的队伍,能支撑一个成分复杂的队伍进行统一的艰苦卓绝的战斗的精神,只有民族精神是最有力量的。

我一边登山,一边观看,也一边思索着。渐渐地就感到脚力不足了。前面还有五六百米更加陡峭的路,心中不免生出一丝畏难的情绪来。在一个小平台的地方,大家不约而同坐下休息,于是便围绕着抗联发起了议论和感慨。由于历史的原因,抗联的历史并没有得到应有的宣传和普及,仍然带着一丝神秘的色彩。我们登七星峰主要是来感受抗联精神的,这号称半部抗联史的七星峰,却并无多少实录展现给人们。哪里是抗联密营?哪里是兵工厂?哪里抗击过日寇?这块岩石、那棵大树有着怎样的故事?这些是不能去凭空想象的。七星峰肯定是抗联重要的根据地,它的精神是什么?它的形象是什么?它的历史是什么?这都是需要挖掘的,回答不了这些问题,这半部抗联史便是徒有虚名。

木栈道给人带来了登山的方便,但也仅仅是方便二字而已,对于体验抗联精神,对于体验登山的乐趣却并无帮助。除去这条栈道之外,似乎是应该开一条抗联密营路的,可以有一些栈道,但一定要有林间小路,将抗联遗址、遗迹和故事串联起来,既可以感受自然之美,又能体验抗联精神。

在距离山顶不远的地方,有一条栈道通向抗联烈士墓,是这条路上唯一体现抗联精神的遗址遗迹,也是我们看到的唯一的人文景观。我们来到烈士墓前,带着崇敬的心情向烈士墓默哀,表达了我们的哀思和敬仰之情。

山越来越陡了,最后的一百多米就是一步一个台阶了。体力的下降和坡度的加大,构成了登山的终点效应,目标就在眼前,每一步都更加艰难;目标志在必得,人人勇往直前,迈上巅峰一刻,回首豪情万丈。山在脚下,目及广远。

从一般意义上讲,我们可以算登上了山顶,但是,七星峰不同,七星峰

蒲 公 英

的真正山巅是在最高的石砬子上的,通往石砬子顶部没有栈道,只有两条铁链可供游人攀登时拉扶。望着近似垂直的坡度,我们胆怯了,腿软了,志短了,纷纷放弃了登顶的念头。然而,当我们循序下山的时候,猛然间发现在两条铁锁相夹的陡峭的线路上,有三个红色的亮点在闪动。啊!是人在攀登,是三位女士在攀登,刚才我们还看见她们在山顶宿营帐篷边野餐呢!于是,我的耳边便响起了小香玉的那句名唱:"谁说女子不如男。"

循着原路下山,迎面来了三三两两的游人,他们大都是默默地低着头走着,似乎不是在看山,也不是来凭吊的。

啊!他们是来登山的!

2014 年 4 月 15 日

浪 花

趋势与逆趋势

我三岁的时候,投奔赵光农场的养父家,之后在赵光农场生活了十八年的时间。二十一岁的时候考上大学,到齐齐哈尔市富拉尔基的东北重型机械学院学习了四年时间。大学毕业以后分配到北安市工作,一年后调到黑河地区(地级)工作,在黑河整整工作了二十七年,才从黑河调到省城哈尔滨。

我二十五周岁结婚,二十六周岁生子,当时我正在北安工作。孩子出生才三天我便调到黑河工作,次年孩子随母亲到黑河,一直到上完初中。读高中的时候儿子到了哈尔滨,并在2003年考入哈尔滨工业大学。研究生毕业后,他应聘到北京的航天五院工作。一年后在北京结婚,次年有了女儿,现在已经一周岁了。

如果简单地归纳我们祖孙三代当前的人生轨迹,我是从农村到农场,从农场到县城、地区、省城。儿子是从县城到地区、从地区到省城、到首都。孙女则是直接就出生在祖国的首都北京的。我每每都感到无比自豪的是两代人就实现了从农村到首都的跨越。

中国是一个农业大国,新中国成立初期,城镇化比率还是很低的,到城市去,到大城市去可能很多人想都没想过。中国发展了,越来越多的人有了到城市、到大城市生活发展的梦想,并为之不懈地努力,农村人离开

蒲公英

家乡进入城市生活，也使城市迅速地膨胀起来。据说，近些年来北京每年增加的人口就超过五十多万，相当于一个中等以上县域的人口规模。中国正在推进新一轮的城市化进程，农村人口向城市流动的趋势不仅要继续，而且可能会加快速度。

城市化是经济社会发展过程的必然阶段，西方发达国家早已基本走完了这一过程。人类社会发展为什么会有城镇化这一趋势，其原因是人们追求城市的生活。相对于贫困状态下的农村，城市丰富多彩、富裕文明的生活确实有着巨大的吸引力，进而演化成一种社会发展趋势。

但是，随着城市化进程的深入，大城市的诸多弊端便渐渐地显现出来，交通拥堵、污染严重、人满为患等现象成为大城市的通病，特别是我们的城市化进程速度过快，导致了住房成本上升速度也过快，构成了城市新市民生活的巨大经济压力。于是，这些大城市的市民在享受都市生活的诸多便利、好处和实惠之外，也承受着巨大的环境和经济方面的生存压力。当这种压力超过一定的限度的时候，就形成了对市民的一种"驱离"的力量，进而演化成一种逆城市化的趋势。

大约在一百多年前，西方发达国家就已出现了逆城市化的趋势。居住在市中心的人们忍受不了污染、拥挤等等的困扰，开始向城市的郊区转移。尽管我国的城市化水平并不高，但在北京这样的大都市，也已经出现了逆城市化的趋势，有权有势有钱的人已经开始在京郊地区置业，甚至不少平民百姓也已萌生了离开京城的念头。有人已经将北京定性为不适宜人居的城市，这恐怕是北京的建设和管理者们最不愿意听到的一个评价了。

当我听到这个评价的时候，内心所产生的是一种十分复杂的感受。我为之自豪的家族跨越刚刚实现了一年，一种相反的趋势就出现了。那么，你当初的目标是正确的吗？你的努力是有价值的吗？我无法回答。我还在顽强、固执地坚持着，大概还有很多尚未清醒的人们还在"进京"的路上，我们的未来将是什么样的，我尚且不得而知。

浪　花

　　我走出了农村,走出了农场,但我的美好记忆却大部分都是和农村,和农场有关的,换句话说都是和自然有关的。于是我便想,自然是生命的起点,也是生命的归宿;自然是万物的起点,也是万物的归宿。逆趋势的出现应该是趋势的本质偏离了自然并受自然力的驱使,而趋向自然的一种回归。

　　我们正在推进新的城市化进程,但愿我们能尊重自然,遵循规律,避免逆城市化趋势的发生。

2014 年 2 月 25 日

蒲公英

松林四季

  落叶松是东北的树种,因此我们搞植树造林大都是以落叶松为主的。在山里造林用的树苗小,也不讲究间距,成行成排地栽,有个空就挖个坑栽上一棵。在村镇周边种树则不然,既要讲究间距,大约是一米半左右吧,也要讲究横竖都排成行,无论从哪个角度看,树都是一行行,一排排的。小时候,赵光农场有一大片落叶松树林,由于其对我的重要性,我曾在多篇文章中提到过它。这也是一片人工造的林,间距均匀,成排成行的。

  北方四季分明,自然界也随时令常常地变换着自己的脸谱。落叶松是北方的树种,最听时令的话,每个不同的季节都有着自己不同的特点,装扮出不同的色彩来。

  春天的时候,落叶松比别的树绿得要早一些。先是在黑色里透出微微的绿意,用不了几天,或许就在一夜之间,翠绿的松针一朵一朵地绽放在枝头上,整片的松树林绿成了一片,像一块巨大的翡翠托在一片木桩之上,在初春灰色调的背景之中,显得格外的明快,清新,高雅。

  春天的松林里,松针编就了一层厚厚的地毯,走上去软软的,舒服极了。欢快的鸟儿已经等了整整半年的时间,在绿意初浓的枝间飞翔着,鸣叫着。和煦的春风透过树林吹进来,送来的是清新、是温暖。尚未丰满的

浪 花

树冠间透着蓝天,流着白云,赏心悦目。

北方的春天是短暂的,好像一眨眼间,夏天便来了。憋足了劲的树和草迎着烈日疯长起来,几天的工夫,松树林边的草就长高了,松树的针也长长了,松树林和草地连成了一大片的绿色,绿得丰满,绿得热烈,绿得婀娜多姿。各种野花在绿地里开了,蝴蝶、蜻蜓、野蜂飞舞起来,姹紫嫣红,生机盎然。

夏天的树林里,零零星星的草从软软的松针地毯中钻出来,显得孤独而又纤弱,只因浓密的树冠遮住了太阳。

鸟儿还在不停地欢叫着,飞翔着,只是很难觅见它们的影踪了。

林外已经是热浪滚滚了,林中却凉风习习,飘逸清爽。不时有蝴蝶溜到林中来,大概也是来享受夏日里这难得的凉爽吧?

北方的秋天是多彩的,落叶松贡献的是黄色。秋风吹走了松针的绿,渐渐地把松针染成黄色。起初是绿中泛黄、黄中留绿,转眼间就是一片鹅黄了,好鲜亮、好温暖,让人感受到秋天的厚重和美丽。松针的色彩在秋风中一天天地变深,变重,最终变成了琥珀色,渐渐地从树干上飘落下来,把林地也染上了新色。

秋天的松林里,新铺的"地毯"柔软、温厚、鲜活,还散发着幽幽的松油的香味。秋风虽已比较凉了,但这时的松林里却是可以避风的,让人感到温暖。

落尽了松针的树冠直插蓝天,有的缀满了松塔,使劲地摇动树干会有成熟的松子或整个的松塔落下来。

鸟儿被秋风吹走了,一些留恋松林的痴情者静静地蹲在干枝上,没了激情的欢叫。

就这样,不知哪一天飘飘地落下了雪,冬天到了。

大雪把大地染白了,唯独松树林一片棕黑,构成了一幅典雅的水墨画。

大概是因为大雪覆盖了大地,山里的鸟儿觅不到食物,便成群地飞到

蒲 公 英

村边、飞到村里来了。

　　孩子们把捕鸟的笼子挂在松林里,"诱鸟"一阵一阵的召唤,成群的鸟便纷纷地落在枝头上。不知危险的鸟儿,见到捕鸟笼子滚上、拍下的谷穗,就径直地落上去,大概一粒还没到口便失去了飞翔的自由。

　　北方季节四季分明,落叶松林的四季也是分明的。

2013 年 5 月 15 日

浪 花

我 心 自 然

昨夜一场大雨,不仅带走了连日的高温,也使大自然更加生机盎然。雨后充满雾气的空气更加清新,挂满雨滴的树叶、草叶更加碧绿。微风摇曳出美丽的风景,我的心与美妙的大自然一起脉动,儿时的许多美好记忆便浮现在眼前。

儿时的路布满了坑坑洼洼,一场大雨过后便满路的水洼了。我最爱这雨后路上小小的浅浅的水洼,虽小且浅却能映蓝天,可绕可蹚,可观可想。小小的水洼何以留在我记忆的深处,并能让我感动,这恐怕是大自然的神奇,也是我性格的自然使然吧。

连日的酷热让人难耐,但难耐在身却不在心,一阵微风、一场小雨就能找回些许的满足,烦恼也自然地解除了。如果人的心烦恼了,要消解可能就不那么简单了。那我们应该怎么办呢?我的建议是到大自然中去,在大自然中是能够找到解除心烦的灵丹妙药的。

大自然的万物万象都是自然地存在的,顺其自然是自然界的发展规律。人类力图改造大自然,但每次对大自然的改造恰恰是对大自然的一种破坏,或许会在可知、不可知的地方受到大自然的惩罚。人类又总是在试图改造自然,进而生发出把"顺其自然"视为消极态度的哲学,也正是这不愿顺其自然的心理,导致众多的人间烦恼。因此,回归自然、顺其自然不仅是顺应发展规律，也是解除人间烦恼的根本所在。

　　黑格尔认为，"凡是合乎理性的东西都是现实的，凡是现实的东西都是合乎理性的"。我觉得还可以这样说，凡是有一定合理性的东西都可能成为现实，凡是现实的东西都有一定的合理性。事物本来都是相对的，都是一分为二的，不存在绝对的合理性。有些事物存在的合理性往往受到质疑，因为人间的邪恶，自然界的灾难，人们从主观上是不愿意承认其合理性。战争本身是邪恶的，但每一次战争对人类社会都是一次破坏中的平衡。洪水是邪恶的，但每一次洪涝灾害都是自然界失衡的一种释放，创造一种新的平衡。

　　自然界中有"趋低"的现象，就是高能量的也好，高位置的也好，都有一种自然向下的趋势。放在高岗上的球并不稳定，只有滚到低洼处才是稳定的。人的占位低一点才能做到自然一些，有句话叫高处不胜寒，实际上是高处难自然。如果在高处仍能保持自然，那是需要很大的定力的，这种定力要么是你具备傲视群雄的实力，要么是久经磨难后的淡然。能做到这两点的人为数不多，实际上也不是常人能做到做好的。所以，退一步天地宽，降一位享自然。

　　自然界中还有一个"趋圆"的现象，就是方形也好，长形也好，都有一个自然向圆形渐变的趋势，河中的鹅卵石就是这种趋势的最好例证。做人固然太圆滑了不好，但是什么事都看不惯，整天牢骚满腹，怨声载道的恐怕也不好。社会上的很多事情都是仁者见仁、智者见智的，没有一定之规，难道就你是对的？！我不是鼓吹无原则的圆滑，在大是大非面前是要有原则的，这一点不能含糊。但是，大是大非的事并不多，也就没有必要总去"指点江山"了。

　　当我看到雨后路上小水洼的时候，不禁勾起了儿时的美好记忆，而且自然入心，我心亦自然了。

2010年7月19日

浪 花

五 福 野 游

　　大学生活实际上是以学为主的,业余活动并不多,但我们班的确有一次野游活动令我难以忘怀。时间已经过去三十二年了,今天想起来仍然令我兴奋,似乎仍然有再次一游的激情。

　　大三的时候,班里新换了班主任,是教我们热处理原理的管述哲老师。管老师鼓励我们在坚持刻苦学习的同时,多进行一些课外文体活动。作为班里的团支部书记当然要积极落实了,其中组织的一项重要活动就是去郊外野游。

　　野游的地点是由管老师确定的,是距富拉尔基区两站地的五福。管老师绘声绘色地描述了五福的景致,同学们听后欢呼雀跃。大家七嘴八舌地提了一大堆建议,最后综合成了游泳、射击、沙漠赛跑、象棋、扑克、跳棋比赛等一批项目,当然最大的项目是野餐了。

　　为了搞好这次野游活动,班里成立了"组委会",一干人马忙活了好几天的时间,大家怀着渴望而焦急的心情等待着星期日的那一天。

　　这一天注定是一个好日子,好天气!

　　大约早晨三点多的时候,大家便陆续地起床了,有的似乎一个晚上也没睡安稳觉,梦里都在野游中。

　　全班人马乘火车到五福车站下车,然后步行赶往野游"驻地"。

蒲 公 英

已是 7 月中旬了,清晨的凉爽也已带有许多的热度,刚刚跃出地平线的太阳便已让人感觉到了它的炽热。

天空是湛蓝湛蓝的,飘着如絮的白云。地上是碧绿碧绿的,缀着多彩的鲜花。乡间小路连着庄稼,连着草地。有几棵树突兀地立着,可以听到悦耳的鸟叫。昨天是落过一场小雨吧?空气好像被洗过一样,清新、湿润又弥漫着草的芬芳。庄稼的叶上,野草的叶上都缀着不知是雨水,还是露水的晶莹的水珠,你走近去看它,它便把你收在其中。

上大学以后,便很少有机会去亲近和感受大自然,尤其是在这样美妙的清晨。有的人张开了双臂,伸向蓝天,伸向大地,去和大自然拥抱,夸张了自己,融入了自然;有的人跑进了草地,一脚露水,两手鲜花,缩小了自己,走进了自然;有的人在大声地呼喊,任凭自己的声音打破宁静,传向遥远;有的人在静静地倾听,微风下的自然之语,如天籁一般。

"啊,沙漠!"有人高喊起来。顺着他的指向,在草地的前面出现了黄色的"大沙漠"。我们全班同学大都是没有见到过真实的沙漠的,随着一阵欢快的叫喊声,大家加快了脚步,向沙漠奔去。

这里应该叫沙丘地带,细细的黄沙堆出山丘,堆出山岭,高高低低地绵延展开去。

一些小沙丘上生长着几丛柳树,展示着绿色的顽强,也暗示着绿色的脆弱。

有人问这树是怎么在沙子里面长出来的。没有人回答,我说大概这里原来可能是草木茂盛的,是黄沙侵占了草木的家园,这些活下来的树是不肯被沙漠掩埋的,它们顽强地活在这里,是要挡住流沙的去路的。

流动是沙的本性,捧一捧黄沙在手,它会从指缝间均匀地流下来,均匀到可以计时的精确程度。古代的沙漏计时器就是利用了沙子的这一特点。黄沙是如何产生的,这大概要归功于风、归功于水,是风使岩石沙化,是水使岩石粉化的。

浪 花

野游大本营选在沙漠与水的接合部的地方,一面是黄沙漫漫,一面是碧水清清,可玩沙,可戏水,天赐福地,这可能就是五福的来历吧!经过一段快乐的沙漠奔袭,我们便到达了"营地"。放下行装,一系列的游戏项目便一个一个地开展起来。

我是有过打枪经历的人,打得准也是我的优点,所以我便一直在射击组活动。我们的枪是一支气步枪,在出发之前,我做了认真的校枪。已经记不得谁获得了射击的冠军了,即使不是得冠军,我也一定是得了亚军的。我记得最清楚的是射击比赛结束以后,王贵宾便抱着枪去打鸟,一个沙丘一个沙丘地跑,因为每一个沙丘都有一丛树木,里面可能栖着可爱的鸟儿。最终他是连一个鸟也没有打到的,一是枪法"不济",二是因为这沙漠里的鸟实在是少得可怜,就连他是否真的看到了鸟,我都不得而知。这些比赛是有奖品的,然而这奖品似乎并不重要,重要的是参与,是参与其中的争强好胜本性的自然流露。

这里的水不仅清澈透明,而且是浸润在沙漠之上的。干净松软的沙底,缓缓的坡度,最适合初学游泳者练习。我是一个旱鸭子,也被好事的同学推到了水中。但是,把我推进了水中,他们便四散地游开去了。大自然的魅力冲淡了他们的"责任感",他们去劈波斩浪、一决胜负去了,把我留在了身后的水中。好在这里的水不深,是没有任何危险的。我们班有几位同学的水性相当了得,张耕新,伞德仁排名靠前,是可以畅游大江大河大海的人。

野餐开始了,以寝室为单位席地而坐围成"餐桌"。刚刚开始不久便串起桌来,你敬我,我敬他地喝个不亦乐乎,渐渐地就有几位同学有了些许酒意,渐渐地就有人高声地唱起流行歌曲,渐渐地就有几位在沙滩上跳起舞来,无拘无束,好一派青春风光。

耕新同学是摄影专家,此时他是最忙碌的,喝酒、唱歌、跳舞、摄影交替进行。他用镜头给大家留下了许许多多的终生难以忘怀的历史镜头。

蒲 公 英

　　快乐时光总是流逝得很快的,一天的野游生活很快就要结束了,全班同学在一座小沙丘上合影留念,把这一天的经历定格在广阔的天地之间。

　　我记得回来以后,立波、道维同学执笔写了一篇游记,学院在校园广播节目中做了播报,给枯燥单调的校园增添了一抹亮色。

2014 年 6 月 10 日

浪 花

下雨的感觉真好

  大旱之后的大雨引发了我对雨的感慨。我有大旱时对雨的渴望,有洪涝时对雨的厌恶,有炎炎烈日下享受细雨的惬意,有电闪雷鸣下体验暴雨的畅快,有偶遇阵雨狼狈的欢乐,有面对连雨无奈的烦恼,但我从骨子里更多的是对雨的依赖和亲近,我叫洪生,冥冥之中的注定。

  自然界有恒定的铁律,科学家已揭示了物质不灭定律,从而也确定了我们所在的地球有着恒定的水。它们或深埋地下,或汇集了江河湖海,或弥散于空中,但从地球的角度看,总量是不变的。

  地球上有恒定的水,但却不等于地球的每一区域有恒定的水,水多到超过合理的水平便涝,少到合理的水平就旱。江、河、沟、渠流淌着水,输送着水,不会涝,也很难干旱。涝和旱都源于雨,多雨即涝,少雨则旱,所以旱涝乃天象,是天气现象,是弥漫于空中的水分布与凝结的结果。

  地球上的降雨是与地球表面生态环境相关联的,生态环境好的降雨就充沛一些,生态环境不好的降雨就少一些,于是就有了年降雨量超千毫米的热带雨林地区,也有了降雨量不足百毫米的沙漠地区。雨量充沛地区有时出现梅雨天气,月余难见晴朗天空,雨量少的地区有时出现大旱天气,月余不下一滴雨,甚至难见一片云彩。

  地球上的降雨与地球表面生态系统相关,实际上是与生态系统涵养水分有关。生态系统涵养水分多少直接影响着空气中的湿度,当冷空气来临的时候,便形成降雨过程。湿度越大,降雨越大,降雨量越多。

包含在大范围良好生态系统之内的局部恶化环境可能不至于出现气候的局部变化,但包含在大范围恶劣生态之内的局部改良环境却可以出现气候的局部变化,也称小气候。小气候好的区域不仅比周围降雨次数多,而且降雨量也大。我市五大连池风景区就是这样的小气候地区,因此也旱涝保收。

从总体上讲,我们黑河地区属于贫水区,特别是近些年来生态环境破坏严重,旱也就成了常态化的气候现象。所以,抓农业工作的同志们也就不得不年年面对旱情的困扰了。

黑河不仅属于贫水区,而且许多耕地属于丘陵漫岗,常规的水利工程很难发挥作用,只能靠先进的喷灌或滴灌措施来抗旱。但是,这种先进的方式投入高,大田作物搞喷灌、滴灌成本太高,农民根本不接受,只有高附加值的经济作物才可以搞喷灌和滴灌。因此,在抗旱这项工作上,我们大都是说得多做得少,有时就是束手无策,只能是眼巴巴地盼着天阴下雨了。

我们现在真正能做的,做了能有效果的是人工影响天气。有了降雨形势,打几炮,就能多降点雨。但这只能是影响天气,而非控制天气,没有降雨过程是打不下来雨的。

旱、大旱,使我们越来越盼望下雨。

下雨的感觉真好。

2009 年 5 月 31 日

浪 花

自然环境的平衡

  大自然的自然环境变化往往是一个漫长的过程,但由于人类的活动使大自然的变化越来越快了,几十年前的自然环境,现在可能已经面目全非,有的已经彻底不复存在了。
  上大学之前,我一直生活在赵光农场。说是赵光农场,实际上是赵光农场和赵光镇合二而一的,面积也就四五平方公里,当时镇内的人口不足两万人。
  我在赵光农场生活了近二十年的时间。起初的十几年,赵光的自然环境似乎没有什么大的变化,东面、南面、北面都是大片的草地和树林子,自然环境很好。此后的几年里,由于疏于管理,群众盗采木材,北面的树林子不见了,但还有草甸子存在。现在也仅仅是过去了二十几年的时光,赵光农场就变成"光腚屯"了,东山、南树林、北树林早已消失得无影无踪。
  林子已经无影无踪了,代之的是耕地。这些年我们的耕地是增加了很多的。记得我刚到黑河工作的时候,黑河地区的耕地总量是670万亩,现在是1300万亩,二十多年的时间里,耕地面积整整翻了一番。这些耕地原本不是森林就是草地。
  被称为地球之肺的湿地,一般都有大片的塔头墩子,它是草根生长,

蒲 公 英

腐烂,再生长,经过几百上千年形成的,有的已经生存了十几万年。但是,在土地开垦过程中,这些生长了千百万年的塔头墩子可能一天的时间就消失了,形成和消失的强烈对比,真的让人感到既震惊又无奈。

我们生存的自然环境的变化实在是太大,太快了,这种巨大的变化是要打破自然界的平衡的,而这种太快的变化又使自然界难以恢复平衡。自然界的平衡是自然环境正常运行的根基,打破平衡就意味着打破了正常运行的根基,于是自然界的运行紊乱了,极端天气现象就常见了,自然灾害似乎就常态化了。这是自然界对自然环境变化太大太快的一种"本能"的反应,直到一种新的平衡出现。

人类改变自然环境的程度太大、速度太快的直接动力是从大自然中获得更多的物质和空间资源。我不是生态悲观论者,不是担心地球的资源会被我们用光,而是担心这种陡然的自然生态变化会越来越严重地破坏生态平衡,从而导致更大的自然灾难。假使生态平衡达到自然环境难以承受的程度,人类就可能要承受难以想象的自然灾难了。

平衡是存在的前提,失衡意味着毁灭。自然环境的平衡是何等的重要啊!

2012年9月20日

浪 花

柞树　橡树

我上中学的时候，正赶上"文化大革命"，加之学制改革，九年下来便高中毕业了，所学的知识很少，特别是动植物方面的知识就更少了。我的很多动植物方面的知识都是在生活中自然地学到的，因此很不"系统"，也很不"科学"，很多植物的名称都是只知其音而不知其字的，像"黑幽幽"、"苣荬菜"等等，大都是后来通过网络查询才得以确认的。

我家住在赵光北岗的时候，北面有很大的一片树林子，林子里有桦树、杨树，最多的应该是柞树。柞树结的果实叫橡子。当时真不知道柞树上结的果子为什么叫橡子啊。后来在五大连池参观，一棵树前设了标牌，曰蒙古栎，长的极像柞树，一问才知道原来蒙古栎就是柞树。我有时也想过，橡木桶的花纹与柞木一样，橡木就是柞木吧，一查果真如此，这才明白柞树的果实为什么叫橡子了。

其实，橡树是对壳斗科栎属植物中高大乔木的通称，蒙古栎就是其中的一种，也称柞树。

柞树木质坚硬，纹理精美。我小的时候，由于还没有现代化的木材处理技术，柞木因内部的应力作用而容易变形，所以，尽管柞木的花色很好，但不能用来做家具，只能用来当柴烧。当然，干放了许多年的柞木方子，由于坚硬，是可以用来做刨床子的。

蒲 公 英

　　现在柞木已经成为贵重木材了,因为有了现代木材处理技术和加工技术,由于质地坚硬和精美的纹理,柞木便成为高档家具和高档地板的原料。

　　在秋天里,柞树的枝头就挂满了果实——橡子。橡子由外壳和果实组成,外壳半包着果实,叫壳斗,表皮极像荔枝的外壳,均匀地排列着粗粗的纹理。开始的时候,壳斗和果实都是绿色的,成熟的时候就变了颜色,壳斗为灰白色,果实为棕红色的。成熟后的壳斗带着果实自然地落到地上,在地上干过一段时间,果实便从壳斗里自然地分离了。果实还有一层比较薄的外壳,剥去这棕红色的外壳,里面是白色的果肉,像栗子肉一样,味有点甜,但很涩,人不能直接食用,但野生动物是可以直接食用的。经济困难的时候,人们曾用橡子面充饥,因为没经过处理,吃了会胀肚子的。

　　橡子含有丰富的淀粉,大约占60%左右,还含有油脂、蛋白等多种营养成分,属于绿色食品。南方有一种小吃叫橡子凉粉,就是用橡子淀粉制作的。

　　在橡子还没有成熟的时候,壳斗和果实连得很紧。我们有时爬到树上摘了一些,用小刀把露在壳斗外面的果实切下去两边的部分,留下中间的一条,再把里面的果肉挖出来,就变成了一个很漂亮的小花篮了。

　　等到橡子成熟了,我们也不等它自然地落到地上,使劲用脚去踹树干,或用一根木棒子击打树干,成熟的橡子便噼里啪啦地往下掉,一会儿地上便满是橡子了。把地上的橡子捡回家,在太阳底下暴晒,棕色的外壳就会自然地裂开,剥去外壳就很容易了。把果肉晒干了,便可以送到土特产收购站卖了换钱。

　　大家都喜欢吃野生黑木耳,实际上野生黑木耳是生长在干的柞树上的,个小、无根、肉厚,产量很少,因此也是比较珍贵的。在东北农村,大家都喜欢用柞木杆儿夹障子。一场秋雨后,常常发现柞树障子上生出许多木耳来,这可是纯天然的野生木耳啊!

　　由于野生木耳太少了,人们便把柞树伐了截成一段一段的,接上木耳

浪　花

菌,经常浇水,柞树段上便一茬茬地生出木耳来,虽没有野生的质量好,但口感也不错,比后来的袋栽耳和地栽耳好得多。现在能买到货真价实的野生黑木耳很难,能买到货真价实的柞木段黑木耳就不错了。

啊!原来柞树就是橡树!别孤陋寡闻啊!

2012 年 10 月 21 日

蒲公英

今天你快乐了吗？

人生是有很多追求的，但最基本的，也是最高的追求是快乐。每到过年的时候，人们用现代传播渠道传递着一个普通的祝福——健康、平安、快乐，于是"康平乐"就成了一个新的名词，一个综合性的祝福词。在这个新词中，乐是放在最后面的，其实也是最重要的，因为健康不等于快乐，平安也不等于快乐，只有快乐才是快乐的，而且快乐有助于健康，快乐有助于面对"不安"。

前几天，我和同事聊天，起初的话题应该是苦恼的，但是聊着聊着，我们都释然了，都豁然开朗了，我便随口说出了一句似乎有点哲理的话："追求和享受快乐，你就有一个快乐的人生；寻找和陷入烦恼，你就有一个苦闷的人生。"不知你是否有同感？

人的生活不可能总是一帆风顺的，就像天气一样，有阳光明媚的时候，也有风雨交加的时候。有温暖宜人的时候，也有酷暑严寒的时候，这都是极其正常的，都不应该成为影响你快乐与否的原因。阳光明媚当然让我们高兴，但风雨交加未必就必然让我们烦恼。倾听风雨，感受清凉，那也是一份难得的惬意。温暖宜人当然让我们高兴，但酷暑严寒未必就必然让我们烦恼，酷暑孕育着丰收，严寒肃杀着"邪恶"，那也是一种超然的享受。人生的顺境当然让我们高兴，但逆境未必就必然让我们烦恼，追求真理,品味苦涩,感悟人生,这正是使一个人真正成熟成长的必由之路。所以,面对逆境,也是应该保留快乐的心情的。

世界是复杂的,有善良的就有凶残的,有正义的就有邪恶的,有坦诚的就有狡猾的,有真诚的就有虚伪的……中华文字是有反义词的,那就是用来描述复杂的世界的。我们都是追求真善美的,并因此而享受人生的快乐。但是,面对假丑恶,我们也不能自寻烦恼,即使我们不去享受与其斗争的快乐,起码是可以享受蔑视它的自豪的,自豪往往是与快乐共生的。

人生可以是丰富的,也可以是单调的。丰富的人生我们应该去享受多彩的惊喜和快乐,单调的人生我们可以去享受专一的"清净"和快乐。但是,假如我们不懂得快乐地生活,丰富的人生未必是多彩的,越丰富烦恼可能会越多。单调的人生也未必清净,越单调苦闷可能会越多。所以,无论是丰富的人生,还是单调的人生,都应该有一个快乐的人生观,善于在任何情况之下都去寻找那些快乐的因素并将其放大,以积极的人生态度去寻找、传播、享受它……

快乐的根源是满意和知足,成语是知足常乐。满意和知足是没有统一的标准的,它只是每一个人自己内心的感受。满意和知足是没有绝对标准的,它只与每一个人内心的标准相对而生。所以,吃肉的未必比喝粥的快乐,富裕的未必比贫困的快乐……

烦恼的根源是对自我境遇的不满意不知足,成语是自寻烦恼。何为自寻烦恼,就是本来是不应该烦恼的,只是你把自己追求的目标定得太高了,只是你对他人他事要求的标准太高了。为什么社会必须满足你的过高的标准呢?为什么他人他事都要满足你个人的标准呢?把这个问题想清楚了,就不再去自寻烦恼了,就会快乐相随了。

人们对现实的认识也是相对的。由此可以证明,人对所处的境遇的认识和把握也是相对的不可靠不全面的,有时可能是完全错误的。本来应该是快乐的,或者是比较快乐的,但却因自己认识的偏差而烦恼,这大

蒲公英

概便是庸人自扰了。其实，当我们烦恼或苦闷的时候，我们所处的境遇真的没有我们想象的那么严重，是有很多快乐因素和希望之源存在的，我们要善于寻找和识别，把握好其中的快乐因素和希望之源。

人的快乐是可以自己创造的，是可以通过自己的努力，去实现一种愿望的满足，去寻找快乐。在单位不快乐，就在家中创造快乐。在工作中不快乐，就在业余生活中创造快乐。与有的人相处不快乐，就找相处快乐的人相处……总之，我们应该自己去寻找快乐，创造快乐，而且每一天都应该有自己的快乐，这，便是快乐人生！

今天，你快乐了吗？如果还没有，赶快行动起来，去寻找，去创造一次快乐吧！

2013 年 12 月 10 日

浪 花

迎风奋飞的鸟儿

已经是深秋时节了,树叶几乎落尽,野草也已枯黄,秋风发出哨响,天色透着阵阵寒凉。

在这样一个季节里,我们坐在新农村建设现场会的面包车里,从一个"点"赶往另一个"点"。点与点之间的距离是长了些,有的人已经闭目养神昏昏欲睡了。我把目光投向窗外,浏览着窗外的秋色。

天空灰蒙蒙的,似乎和灰蒙蒙的大地连成一色了。秋风正劲,落尽叶子的树也被吹得深深地弯向一方。可能是因为秋风太大、天气太凉吧,田里已无人劳作,人们都已躲进了温暖的家。

忽然,一只小鸟进入了我的视野。它迎着强劲的秋风,奋力地飞着。可能是风太大了吧,小鸟虽然还在奋力地飞着,但总不见有太大的进展,好似逆水行舟,每前进一步都异常艰难。

然而,鸟儿仍然奋力地飞着,而且朝着固定的那个方向。它就飞在路边树林的边缘,它是可以落下去避避风、歇歇脚的。但是,它仍然奋力地飞着,艰难地越过了可以避风歇脚的树林,朝着前方,奋力地飞着。

我被眼前的这一幕惊呆了。那奋飞的鸟、弯弯的林、灰蒙蒙的天空和大地构成了一幅动人的画面,比蓝天白云,比鲜花野草更令人动心。

我想,这奋飞的鸟,一定是飞向自己的鸟巢的。它一定不是飞回去避

蒲 公 英

风避寒的,若如此,它是完全可以暂去林中一避的。

我想,这鸟巢中一定是有它的同伴的。它的同伴一定是在等待着它的归来。若不是,它是完全可以等一等,等风停之后再归巢的。

我想,这鸟儿一定是口中衔着一条虫子的。它的同伴一定是不能自己觅食的,正焦急地等着它带回食物。若不是,它是不必顶着狂风奋飞的。我想,那同伴或者是它的父母,或者是它的孩子,也可能是它的那"一半",总之,是它的牵挂,它是要承担责任的。

于是,我便恨这狂吹的秋风了。因为它使飞归的鸟儿劳累,更因为它降低了鸟儿飞归的速度,使飞归的和等待的鸟儿都焦急万分。

于是,我便敬佩这奋飞的鸟儿了。因为它的不惧狂风的坚强,因为它的坚守责任的"信念",更因为它的不怕牺牲的勇敢。

我为奋飞的鸟儿担忧了。它离鸟巢还有多远,它还有足够的力气飞完这劲风阻挡的距离吗?

我为奋飞的鸟儿担心了。它柔弱的翅膀能够长时间地经受住劲风的打击吗?我可是见过羽毛翻花如石子般坠落的鸟儿的!

秋风啊,你停一停吧,哪怕减弱一点也好,好让飞归的鸟儿尽快飞回它的鸟巢!

面包车载着我们驶过去了,奋飞的鸟儿也离开了我的视线。

秋风并没有减弱,那奋飞的鸟儿一定还在奋飞着!

闭目仰坐,那只秋风中奋飞的鸟儿在我的眼前飞着,飞着,也在我的心中久久地停留着。

2013 年 1 月 21 日

浪 花

把握好心态

人生活在世上,不可能一帆风顺,不可能事事都顺心顺意,不可能一点烦心事都没有。要想生活得好,关键是要有一个好的心态,心态决定"成败"。

近来我的确遇到了一些烦心事,尽管自己做了很大的努力去调整,仍然是很纠结。昨天,我的心情很烦,我爱人对我做了很多开导,有收效,但仍然没有完全解决问题。于是她建议我看一看卡耐基写的那本《人性的弱点》的书。我在书架上找到了这本书,并勉强地看了起来。谁料越看越想看,真有点与智者对话的效果,用豁然开朗可能过了点,但也可以说使我的心情"多云转晴"了。

烦恼对人生的负面影响是显而易见的。

烦恼的心情是损害健康的大敌。著名的石油大王卡耐基因苦心经营,琐事难缠,53岁就像一个"木乃伊"一样,脱掉了头发甚至眉毛。然而,当他接受了医生"在任何情况下,决不为任何事烦恼"的建议之后,竟奇迹般地活到98岁的高龄。

烦恼的心情是损伤友谊的大敌。这样的情况在社会生活中比比皆是。烦恼的心情是贻误工作的大敌。烦恼的心情使人难以集中精力,工作难免出现差错。也可能做出错误的判断和决策。

蒲公英

  人之所以有烦恼,主要是现实与理想之间存在的距离造成的。因此,我们不能期盼理想化的生活,必需现实一点,把握好自己的心态,像卡耐基那样,"在任何情况下,绝不为任何事烦恼"。

  公平永远是相对的,要承认人间一切不平的"现实性"。不要试图去改变已经成为现实的不公平,重要的是重新确定自己的生活坐标,找到平衡自我的理由。

  要降低身份看现实,理性地对待我们"前面的人"。把自己与街头的乞讨者对比一下,我们比他们好得多,强得多。要学会梳理自己取得的成绩和进步,找到自信,自我鼓励。

  要降低标准看自己,理性对待自己的能力和作用。我们能做到的可能就是这些,不为做不到的事烦恼。能写出相对论的只有爱因斯坦,能看懂相对论的人也为数不多。

  要保持乐观主义态度,理性对待未来的不确定性。未来的事情可能是好的,可能没那么糟,我们的烦恼就是"自寻烦恼"。即使是糟糕的,那就在未来去面对吧,过好今天最重要。

  道理是很清楚的,但要做到却是很难的,完全做到也是不可能的。但是,谁能做得好一些,烦恼就会少一些,生活就会幸福一些,事业就会成功一些。

  要做一个幸福的人,就要学会用愉快的心态面对烦恼的事情。

2007 年 6 月 12 日

浪 花

帮助别人　快乐自己

中央电视台一直在播着当代活雷锋郭明义的"公益广告",他的那句"帮助别人,快乐自己"的话诠释了雷锋精神的全部内涵。

近期去北京出差,到北京的一家同仁堂药店买药,却使我感受了另一番的情景。

我和爱人走进药店,向售货员询问有没有治湿疹的软膏。售货员一脸冷若冰霜地回答,这些软膏都治湿疹,你要哪一种?我说我忘记名称了,能拿几种给我们看一看吗?她很不情愿地拿了一种给我们看,我觉得不像,便要求她多拿几种我们比较比较。她便有些不耐烦了,很不高兴地拿出一种丢在柜台上说,就这一种了。刚才还说有很多种呢,现在却只有先后两种了。我们只好随意买了一种了事,懒得与这种人较劲,给自己增添不快的心情。

其实在这个过程中,售货员的心情和我们的心情大概同样都是不太愉快的,只是她的不愉快是因为她不愿意帮助别人,这正好与郭明义的"帮助别人,快乐自己"相反。假设这位售货员能询问我哪里得了湿疹,并推荐用哪一种药膏更好一些,我想我们会很感激她的,会表现出对她的尊重和谢意的,她也会因此而快乐的,这便是帮助别人,快乐自己。

事实上,为顾客提供帮助是售货员的职业道德,是"必须的",因为顾

蒲 公 英

客是"上帝",这是商业的"行规"。但是在北京的这家同仁堂药店,我就是没有得到"必须的"服务,也没有"上帝"的感觉,是在求人施舍呢!这不是本末倒置了吗?或许她习惯于此,并以此为乐的吧。把自己的快乐建立在别人的不快乐之上,这似乎是不道德的吧。或许她真的不觉得自己不道德的,她只是觉得售货员与顾客的关系是居高临下的。

事情显然就是这样。我恰巧三次走进这家药店,不是我非得要进这家药店,只是"同仁堂"这个招牌让人可信而已。我三次进入这家药店,有两次就我们夫妻两个顾客,一次有四名顾客,而售货员却有七八位之多。大概能进这家药店的一是为名而来,二是不得已而来。真正的本地人大概不会来的。

或许是本地人来买药不是我这般待遇的,这售货员就是看不惯外地人。看不惯也不行啊,北京人是有精神的,这北京精神的八个字中就有"包容"二字,北京是首都,首都更是要包容的。

或许别的药店不是这样的,这只是个别现象。但愿这只是个个例,北京人是包容的,是乐于助人的,给全国人民一个希望,给世界一个形象。

2013 年 3 月 17 日

浪 花

比学赶帮超

贾宏图老师是从黑河走出去的著名文学家和优秀的领导者。四十年前,他从哈尔滨下乡来到爱辉县西峰山乡辖区内的兵团独立一营当知青。由于勤奋好学,从黑河日报通讯员开始逐步地成长为一名优秀的文学家和文化战线的领导者。多年来他一直对第二故乡充满热爱之情,对第一次让他实现"铅字"文章的《黑河日报》充满感激之情。他担任《黑龙江日报》社长之后,对黑河、对《黑河日报》给予了很多关心和支持。退休之后,他仍在记协兼职,今天率队来黑河宣讲,体现的仍然是对第二故乡的一种偏爱之情。我作为前任宣传部长、也作为贾宏图老师的朋友和学生接待宏图老师,闲聊间又谈起了当年的知青生活和知青的成长历程。

独立一营后来划归一团。就是这个地处边远的一团,走出了好几位省部级干部,几十位地厅级干部,还有著名的作家梁晓声,可以算是人才辈出的"风水宝地"了。我们宣传部的夏重伟副部长也是知青,他曾下乡在爱辉红旗农场,是一个只有八九十人的小农场,竟也出了十几位处级干部,其中走上正处级岗位的就有七八位之多,大概也可以算是一个人才辈出的"风水宝地"。

当年的一团就是现在的锦河农场,当年的红旗农场已经成为金水乡的一个村。两个昔日的风水宝地的山还是那样的山,地还是那样的地,水

蒲 公 英

还是那样的水,但组织体系变了,人换了,则再也没有出现人才辈出的局面。看来,"风水宝地"是需要天、地、人三合一的条件的,"天时地利人和",缺一不可。无论是大农场,还是小农场,都有着如军队、企业一样的管理体系,对其职工都有着严格的约束,也创造了许许多多展示和发挥人的才华的平台和机会。诸如理论学习、文体活动、各类竞赛等等,形成了比学赶帮超的"革命"氛围,调动了人的主观能动性,也激活了人的潜能,促进了人的发展进步。无论是大农场,还是小农场,其职工基本上都是知识青年,无论是文化素质,还是"革命"热情,都远比农村村民要高得多。特别是人与人之间的相互影响和相互学习,进一步促进了他们各方面素质的提高,为成长进步奠定了良好的基础。因此,看似偶然的人才辈出的现象,实际上是具备了充分的必要的条件的。

我从事过十几年的干部管理工作,对人才成长问题也算做过一些研究,对人才成长规律也有一定的认识和理解。人才的成长不仅要有主观的努力和基础,更要有客观的条件和环境。

一个地方要成为人才辈出的"风水宝地",必须在努力提高人才基本素质的同时,努力创造更加有利于人才成长的外部环境。这种环境可以用"比学赶帮超"来加以概括,比是激励、学是方法、赶是目标、帮是条件,而超则是目的。

2008年11月7日

浪 花

参观廉政教育展览有感

4月17日，局纪检监察室组织党员领导干部赴省纪委廉政教育基地参观廉政教育展览。可以肯定地说，也不是恭维的话，这个展览办得好，非常成功。我相信每一位参观者都受到了一次深刻的党性教育、廉政教育和理想信念教育。

我参观"廉政教育"展览算起来这可能是第三次了，前两次是在我尚未成年的少年时期，这一次是时隔四十多年后的又一次。

我记得大约在我十岁左右的时候，赵光农场搞了一次犯罪案件展览，用漫画的形式把发生在赵光农场的一系列犯罪案件展览出来，并组织群众参观，就连小学生也要参观。现在回想起来，有些事情仍然记忆犹新，也算是在我幼小的心灵上打下了一个个深深的烙印。所展览的案件，有些就发生在我所熟悉的人身上，有贪污公款的，有偷单位油料的，有因男女作风而杀妻的。因男女作风问题而杀妻的罪犯叫刘之，就住在我家前面的那栋房，他的两个孩子都和我差不多大，经常在一起玩。我经受过案发时的恐怖，感受过破案时的神奇（是警犬现场破的案），经受过公判刘之死刑大会和行刑过程的恐惧，特别是感受到了两个孩子的孤独和可怜。

大约在我十二三岁的时候，兵团一师在赵光农机校组织了一次资本家家庭财产的展览，楼上楼下好多房间都摆放着从一个"资本家"的家里

蒲公英

搜出来的"好东西"。有金条、金砖,高跟鞋有几十双,还有旗袍等等,很多东西不仅是第一次看到,连名称都是第一次听到。

我不知道为什么这个资本家到了农场,只知道他的名字好像叫李秀波。参观展览除了感到新奇之外,便是感受到了"剥削"的可恨和腐化生活的无耻。

应该说,小时候的这两次展览,对我的人生观、价值观和世界观的形成是起了积极的作用的。之所以现在仍然记忆犹新,正是其内容作用于心灵的缘故。

省纪委的这次廉政教育展览要比我小时候的两次展览规模大得多,内容丰富得多,形式也新颖得多。

我当过八年的宣传部长,参观过很多展览,也组织过不少展馆的设计和布展,我觉得这个展览无论是布展理念,还是布展形式,都是有许多可圈可点可学可鉴之处的。

整个展览分三层楼,每层楼一个主题,一楼是"史鉴",二楼是"警钟",三楼是"楷模"。层层递进,环环相扣,有廉政历史知识,有廉政现实举措,有腐败典型案例,有犯罪分子的内心独白,有优秀共产党员的先进事迹等等。

触摸历史、触及案件、触目惊心、触动灵魂,有感知、有感慨、有感动,确确实实上了一场生动而有效的廉政教育课。

在展览中有些内容是发人深省的。比如朱元璋当了皇帝之后,深知官员容易腐化堕落的现实,所以每提拔一个重要岗位的官员都要亲自谈话,告诫被提拔的官员要"学会靠薪俸生活",不能以权谋私,出了问题要严惩,到时别说我没告诉你不可腐化堕落。我觉得公职人员要学会靠薪俸生活这句话,可以算是至理名言的。

在展览中,那些腐败的干部也都曾经是很优秀、很清廉的干部,他们都是因为思想防线不牢而渐渐地腐败了的。所以,要做一个清廉的干部,就要关住贪欲的闸门,防微杜渐。

在现实生活中,正常的礼尚往来也是需要的,但要把握住"办事不收礼、收礼不办事"的原则。把礼尚往来同帮人办事分开,为了办事才送礼的人也就不会给你送礼了。

参观廉政教育能让我眼睛湿润了两次,这是我没有想到的。一次是在听一个腐败分子的狱中自白的时候。他说他是和女儿约好了的,女儿考上北大他要亲自送她到北京入学,在女儿顶着巨大的压力实现了诺言,考上了北大之后,他却身在牢狱之中无法实现自己的诺言。当我看到孤独的母女站在火车站台上的时候,我的眼睛湿润了。我今天写这一段的时候,全身仍有打冷战的感觉。残酷的现实和父女的深情交织在一起,让人有一种无法说清的感触。

另一次是在参观村党支部书记陈玉霄去世之前的场景的时候。老书记带领乡亲们致富了,但他的家里却找不到一件像样的家具,完全像三十年前的老样子。在他深知自己的日子不多的时候,他向党组织提出的唯一的要求是:"我想盖着党旗走……不知道我够不够格?"当镇党委书记激动地说"你不够格,谁够格"的时候,我掉泪了。陈玉霄是一个纯粹的共产党人的光辉形象,他确实是最够格在逝世的时候盖上那面令真正的共产党员激动和自豪的党旗的。当党员对党旗麻木的时候,那就是十分危险的了。

展览最后的一个场景是反映杨善洲同志事迹的。这位身居高位的老书记退休之后,率领一帮人在大山里植树造林二十多年,建成了一个价值三亿多元的林场,并无偿地交给了国家。他在岗时两袖清风,退休后艰苦奋斗,把创造的财富无偿地交给国家、献给人民,他那句"为当地群众做一点事不要任何回报"的朴素的话,足以说明他内心的伟大。"成由勤俭败由奢",享乐是连着腐败的,追求什么样的生活方式就是追求什么样的人生结果。

参观的最后一项是面对党旗再次举手宣誓,尽管入党宣誓已是多年前的事了,却仍然感到十分庄重。

蒲 公 英

"我志愿加入中国共产党,拥护党的纲领,遵守党的章程,履行的义务,执行党的决定,严守党的纪律,保守党的秘密,对党忠诚,积极工作,为共产主义奋斗终身……"

党员是需要经常地重温党章,是要牢记誓言的。

2013年4月22日

大 爱 无 私

今天早晨有空闲的时间,顺手拿出一本英语杂志,看了一篇英语小文章,不长,不到一千个单词,但读后却能让你流下激动的热泪来。需要说明的是,杂志是我儿子的,我的英语水平是十分有限的,只能看明白简单的文章。靠我的英语水平是很难完全理解、翻译好原文的,即使如此,我也实实在在地被这篇文章感动了。

文章的大意是,作者要出国了,兄弟姐妹们特别兴奋,就连丈母娘都很高兴,希望他能从国外给他们带回他们希望的礼品来。当作者问及母亲希望带点什么礼物的时候,母亲却说:"不管怎样,把你自己捎回来就可以了!"母亲的眼睛里已经闪着晶莹的泪花了。当人们散去,作者柔情地问妻子要捎点什么,妻子深深地望着他说:"我和母亲一样……"这次流泪的不仅有作者的妻子,还有作者。当然,还有我这位读者。

大爱是一种奉献,是一种不图回报的高尚和本能。我把高尚和本能连在一起,是因为高尚的爱也可能受到客观因素的干扰而表现出些许的世俗,而高尚、本能的爱,则是一种条件反射般的爱,只作用于爱的对象而不受自我的私欲的干扰。母爱、也许只有母爱,才是这样本能的高尚的爱。四川大地震中用自己的身体保护自己孩子的母亲,已经用自己伟大的形象诠释了这种本能的高尚的爱。

蒲 公 英

　　当我们把爱的对象扩大到社会的时候,爱同样是一种无私的,不求回报的伟大的爱。因为这种爱的对象只是一个概念,那些接受爱的人根本找不到回报的对象。这时的爱没有疆界,可谓大爱无疆;这时的爱没有形体,可谓大爱无形;这时的爱没有度量,可谓大爱无限。

　　一个家庭、一个社会,应该充满爱,充满人间大爱,人人奉献爱,人人感受爱。

2009 年 4 月 1 日

浪 花

端 午 节

像清明节一样,端午节也被确定为法定假日,形成了三天的小长假。在民间,端午节本来就比较受重视,甚至有的地方是把端午节作为重要的节日,有很多节日"仪式"要搞,如包粽子,踏青,赛龙舟,挂葫芦等等。特别是踏青,大江南北的人们都有这个习俗。

端午节的早晨,人们很早就起来,时间总是要在太阳没有出来时更好一些。三五成群或独自一人,去到野外采几束艾蒿,在清清的小河边捧几把清清的河水洗洗脸。回来之后,把艾蒿连同一个或几个小红葫芦挂在自家的门上,祈求驱病保健康。

我对端午节的历史了解得很少。国家把端午节与清明节、中秋节一样对待,一定会有它的道理的。为了弄明白原因,我便到网上去查端午节的来历。网络的优越性比起书来就在这里,键五个字进去,有许多篇《端午节的来历》的文章出现,随便点一篇看看就大体了解了端午节的来历。

端午节在我国的东南西北有许多的说法,为此闻一多先生曾作《端午考》和《端午的历史教育》。经闻先生考证,端午起源于中国古代南方,是吴越族群举行图腾祭祀的节日,已有两千多年的历史。随着时间的推移,端午节的原始意义就逐渐地淡化了,而在不同的地方就被不同的习俗所取代，其中最有影响力的就是纪念屈原之说了，这也算是名人给节日增添了分量，提高了名气，以至于把赛龙舟、吃粽子都与屈原联系在了一起。采艾蒿驱病的习俗则多半起源于人们认为五月为"恶月"，瘟疫蔓延，"重五"是一个不吉利的日子，要插几枝艾蒿驱病避邪，于是就有了清明插柳、端午插艾的习俗了。有的地方还在这一天打扫庭院，端午节便成了历史上的"卫生节"了。我们没有必要再深究端午节的来历，只大体知道我们现在的习俗的来历和形成过程就足矣了。

也许是国家的决定起了作用，今年的端午节大家格外重视，都当作一个重要的节日来对待，家家准备粽子，特别是有许许多多的人起大早去踏青。我和爱人也是准备起大早去踏青的，但由于头一天晚上睡得太晚，端午节早晨醒来已经是四点多了，太阳早已挂在了天上。我们赶紧穿好衣服走出家门，顶着成群踏青归来的人流去"踏青"。等到我们回来的时候，又有成群的或是踏青，或是晨练的人流迎着我们向郊外走去。事情就是这样，只要不是最早的，总有比你早的。只要不是最晚的，总有比你晚的。只要有一种追求，别放弃，什么时间都不早，也都不晚。

记得刚到黑河的时候，孩子还小，妻子要照顾孩子，都没有办法去踏青，这事就由我代表了。在太阳没出来或刚刚出来的时候，拎一个小塑料桶去踏青。捧几捧清澈的黑龙江水洗洗脸，再灌一桶清澈的黑龙江水，采一把嫩嫩的艾蒿一起带回家，好像全家人都完成了踏青的"使命"，也祈得了一年的健康。

人们都是希望平安健康的，只要什么东西能带来平安健康，人们便会产生一种朝拜之心和朝拜之举。名山大川里有不少的"神树"，树枝上挂满了红布条，人们以此祈求平安健康。

今年"五一"，我们一家人曾到五大连池风景区一游，我"提拔"的那棵火山黄菠萝，似乎已经被视为一棵神树了，树枝上挂满了红布条，迎风飘舞起来，远远望去好似一树红红的叶子。

今年的端午节我去五大连池参加"圣水节",本来想去看一看我所"提拔"的那棵树,看看那棵长满了绿叶,挂满了红布条的树的美丽,终因种种原因未能成行。我想,一定会有许多人去那里祈求平安健康的。

2008年6月28日

蒲 公 英

甘当左手

人有一双手,分为左手和右手。大多数人劳作都是以右手为主的,左手只起辅助的作用。由于右手起主要作用,做什么事,干什么活都很灵活,得心应手,所以右手就比左手强壮、有力了。

我在一本杂志上看到一则故事——《感谢左手》,讲的是主人公不慎伤了右手,所以在右手疗伤的十几天内,一切事情都由左手"代劳",从不熟练到熟练,从吃了一些苦头到得心应手,保证了主人公的正常生活,所以他要"感谢左手"。

人一生下来左右手都是一样的,没有什么不同之处,是后来成长过程中逐渐养成习惯并发生变化的。多数人喜欢以右手为主,可以称作右撇子,但因为这种情况太多而被认为是正常的,很少有人说谁是右撇子的。有的人喜欢以左手为主,人们就常常称他是左撇子。现实社会中右撇子的人大约占90%左右,左撇子的人只占10%左右。为什么产生这么大的悬殊,科学界也没有定论,基本都是一种推测,不足为证。总之,人有右撇子,也有左撇子,而且左撇子和右撇子都是有着同样的人体组织结构的。

既然左右手起初都是一样的,只是人们习惯用右手而使其成为主导,那么我们就顺其自然好了,就让右手成为主导吧,左手就去起扶持、配合的作用。我是喜欢当左手的。左手尽管是起扶持和配合的作用的,但是这种扶持和配合不是可有可无的,而是必要的,没有左手,右手的作用是很难正常发挥的,有时甚至是无能为力的。左右手作用的大小也是相对的,有时左手的作用可能变得相当重要,甚至于和右手不相上下。小时候用弹弓子打鸟,左手在前面握着把,右手捏着装有"弹药"的"兜"往后拉,方向是左右手共同掌握的,力量也是左右手共同拉成的,左手稍一偏,"子弹"就不知打到何方去了。

右手对于左手大概可以认为是起领导作用的,但这种领导作用是出自于一个大脑的,左右手的配合是相当密切和协调的,是天衣无缝的。我们要钉钉子,右手举起锤子,左手马上就把钉子放在要钉的位置。我们要削苹果,右手拿刀,左手便把苹果递过去,还配合着旋转苹果以加快削的速度。

左手右手都有拿东西的功能,但在双手同时动作的时候,右手拿的多半是工具,左手拿的多半是实物。最典型的是吃饭,右手是拿筷子的,左手是拿盛食物的盘或碗的。又如摘豆角,右手摘下来,再交给左手去"运输"。

事实上,左手的潜能是很大的,人们已经越来越明白左手的作用了。不少人刻意地使用左手,让左手发挥更大的作用。据说常用左手会让人更聪明能干。有资料证明左撇子的人更聪明,更有活力,更适合当政治家和运动员。美国有好几位总统是左撇子,乒乓球运动员中的左撇子,占左撇子人群中的比例,确实比右撇子占右撇子人群中的比例要相对高出很多。

我甘愿当左手,不是乞求被开发成左撇子,而是喜欢当左手的那份平静,那份从容,那份必要时的担当。

2013 年 4 月 25 日

蒲 公 英

逛菜市场

　　我在黑河工作的时候,尽管也算做了一个不算小的官,但我还是特别喜欢逛菜市场,不仅是为了买点菜,买点早点,或者买点别的什么东西,也有一些特别的情趣在里面。

　　早市里的东西大都带有浓浓的原生态气息,刚下架的黄瓜顶花带刺,刚摘下来的西红柿绿里透红,红中泛绿,特别是那刚从地里拉回来的西瓜,绿色的皮上带着白霜,蒂连着蔓,蔓还连着新鲜的叶呢。

　　我小的时候,房前房后都有一小片园子,春天来的时候便要在园中劳作,到了夏天就有新鲜蔬菜可以享用了。蔬菜的品种也是很齐全的,生菜、小白菜、水萝卜、香菜、韭菜、大葱、大蒜、西红柿、茄子、黄瓜、豆角、角瓜、辣椒等等,应时应季,想吃的时候便去园子里摘,鲜得不能再鲜了。

　　现代城市生活很讲究,家里摆了大冰箱,里面装着许多"鲜"菜,想吃什么,打开冰箱门就能拿到,比到小菜园子里去摘方便得多。大型超市里还有包装好了并且洗得干干净净的各种蔬菜,星期天买一大包回来放在冰箱里,够吃一个星期的。但这样的讲究,这样的方便,我总觉得是缺少了点什么的,大概就是缺少了一点自然的生活气息和乐趣吧。

　　早市上的东西许多是儿时的梦想,如油条、麻花、年糕、沙果,还有各色的糖果,等等。现在在早市里,这些东西一应俱全,仅炸油条的摊位就排了长长一排,那些儿时梦想吃的东西大都是唾手可得的。现在,我仍然是极喜欢吃这些东西的,只是顾及健康,"好事"的媳妇不让经常吃。但是,每天到早市走一走,看一看,似乎也得到了很大的满足,也算是梦想成真,圆了儿时的梦了。

现在的早市早已不是单纯的菜市场了,有点综合市场的味道,除了通常的蔬菜、水果、食品,还增加了服装、鞋帽、小五金、旧书摊、旧物摊等等。这小五金、旧书摊、旧物摊对我都是挺有吸引力的。

我的理想是当一名工程师,小的时候就对电工、木工工具极其喜欢,看到电工师傅屁股后面挂着工具夹子,就觉得他们很神气。参加工作之后,自己有了工资,尽管我不是电工,但也买了一套电工工具,不能挂在屁股后面,可心里是见一次神气一次的。一直到现在,我还是很喜欢这些工具的,一到早市便在小五金摊前驻足欣赏。我儿子知道我的喜好,特意买了一套新型的电工工具,送给我做生日礼物。

至于喜欢旧物摊、旧书摊,大概是因为旧物、旧书能够唤起许多美好的回忆吧。

在旧物摊前,我喜欢那些很旧很旧的木工工具,斧子、凿子、刨子、锯子,我都喜欢,甚至有买上几件的愿望。

在旧书摊前,我喜欢看到曾经读过的书,特别喜欢小人书。我在满地的旧书摊里寻找,就像在茫茫的人海里寻找老友一样,每当看到一本熟悉的旧书,就像见到了多年不见的老朋友一样欣喜若狂。

我们是有着早起的习惯的,只要天气好,我便和妻子出门去晨练,然后再去菜市场转转。有时真的没有什么购买计划,但也要到菜市场去转一转。早市里熙熙攘攘的,不时地见到一些熟人,有的摆摆手、打打招呼;有的长时间不见,便驻足聊上几句,互致问候,互通情况,也增进了友谊。

现在城里人的居住条件是大大地改善了,但却大都被"防盗门"自我封闭了,邻里关系淡漠,人也显得孤独了。换句话说,居住环境改善了,但人文环境却恶化了。

蒲 公 英

  菜市场给我们提供了一个浓浓的人情气息和生活氛围,让你排解孤独,使生活更加温暖,更加充实。
  去菜市场逛逛吧!会有些收获的。

2013 年 4 月 27 日

浪 花

两年之交的思考

今天是2008年12月31日,也就是2008年的最后一天,这一天过去,也就意味着新的一年的开始。

总结过去的一年,人们往往看重的是收获。对我来说,尽管收获是很多的,分管的工作大都取得比较令人满意的成绩,有些方面也有了一些开创性、突破性的进展,但这些已经不是很重要的了,因为所有取得的成绩都是履行职责的结果,仅此而已,时间一过去,这些成绩也就过时了。

总结过去的一年,对于我来说,尽管问题不可能太多,但所存在的问题却不会因为时间的流逝而过时,它会随着时间一同进入新的一年。因此,对存在问题的敷衍等于对未来生活工作的敷衍,不容忽视。如果从工作方面找问题的话,一是对上协调争取不够,二是对下督促落实不够。数量不多,却很要害,不解决则工作难以再上新台阶。

总结过去的一年,也不要仅仅局限于工作这个领域,因为人的一生绝不仅仅是工作,哪怕是公职人员,或者你还是一位领导干部,工作也不可能是你生命的全部。

站在两年之交的这一天,人们更多的是展望规划新的一年。展望规划新的一年离不开对形势的准确判断。准确判断形势来源于科学的态度,盲目乐观和无端悲观都不可能准确地把握形势。全球金融危机正以

蒲 公 英

人们难以预料和控制的态势发展，要做到科学判断2009年的形势确实勉为其难，正确的态度应该是积极而不盲目乐观，谨慎而不悲观失望。

展望规划新的一年离不开对过去一年的延续。发扬成绩，推广经验、纠正问题，则会迎来成功的新的一年。

展望规划新的一年离不开开拓和创新。新的一年无论如何不会是过去一年的简单重复。开拓是一种精神状态，有了开拓的精神状态则不畏惧面临的困难，有了创新的思想和实践，则不至于重复年复一年的平庸。

展望规划新的一年离不开对自我能力的把握。需要我们做的事情万千件，要明白我们有能力做好哪几件。目标可以高些，但不能离谱，脚踏实地，实事求是，尽力而为是现实的追求。

站在两年之交的这一天，我还要规划一下新一年的工作之余。

学习的新一年。有关工作的学习可以在工作中完成，挤时间学点历史、文学，改变自己的知识结构，充实在今天，为的是明天。

写作的新一年。有关工作的写作可以在工作中完成，挤时间写点随笔、散文，积累在今天，成就在明天。

锻炼的新一年。有关工作的锻炼可以在工作中完成，挤点时间，多走步多打球，强健自己的身体，快乐在今天，收益在明天。

站在两年之交的这一天，走过的是五十年，工作的时间还有十年，生活的时间还有数十年。尽力去工作，为了干好工作的十年；尽力去学习、写作、锻炼，为了活好生活的数十年。

2008年12月31日

浪 花

清 明 节

  我小时候就对一年四季二十四节气很感兴趣,原因是我生活在农场,一年四季和二十四节气与我们的生活息息相关。有关节气的一些谚语,把科学、经验的道理说得形象易懂易记,什么惊蛰乌鸦叫、谷雨种大田、过了芒种不能强种,等等。小时候能背的东西很多,但是现在大多都忘了,也就是二十四节气歌还能"倒背如流"。

  清明是二十四节气中最重要的一个节气。有人撰文解释清明二字的含义,说指的是春天到了以后,天气既清且明,是一年四季中最清新的时节。正因为如此,在二十四个节气中能把清明定为一个传统的节日。正因为如此,人们在这一天去祭扫先辈的陵墓,扫去一冬的沉尘,还给亲人一个清明,也寄托晚辈的孝心。也正因为如此,后人又把对革命先烈的敬仰之情,通过为先烈扫墓的形式来做个表达。

  我是生在红旗下、长在红旗下的新中国的新生代,在没有给已故的先辈们扫过墓的时候,就已经开始为烈士扫墓了。赵光农场是以烈士的名字命名的,赵光烈士墓就在烈士牺牲的火车站内的铁道旁。从上小学开始,每年在清明节的时候,学校都组织学生到烈士墓前给烈士扫墓。带着自制的白花,排着长队,唱着革命歌曲,听着启迪心灵的悼词,印象极其深刻。等到我为已故的长辈们扫墓的时候,我就已经成家立业了,烧点纸

蒲 公 英

钱，扫扫墓，以寄托哀思。因此，我始终没把清明同节日联系起来，而是把它同寄托对先辈的思念联系在一起的。一到清明反而使我感到不清不明，感到一种沉重，一种莫名的惆怅。

今年，国家把清明节作为法定假日，加上周末两天串休，就形成了一个三天的小长假，为出远门祭祖扫墓的人提供了条件。但是，假期应该是轻松的，把一天的沉重延长成三天，这可能也是始料不及的。

今年3月份，我曾到陕西祭拜了黄帝陵。也正因为如此，我对今年陕西省政府举行大规模的祭祀典礼产生了强烈共鸣。大型的祭祀典礼理所当然地选在了清明节这一天，因而祭祀活动的影响力伴随传统节日的内涵和影响力而扩大，也带动了全民族的普遍性的祭祀活动。电视上大张旗鼓地反映各地祭祀活动的情况，这在过去的年份里是不多见的。

如果说有什么不尽如人意的地方的话，那就是对环境的污染了。应该有一种合适的方法，在不污染环境的基础上完成祭祀活动。这一点有待人民群众和政府部门去共同完成，否则清明节的"清"就会被祭祀的烟雾毁掉了。

清明节把活着的人与故去的人联系起来，活着的不忘故去的，体现的是一种情感的延续。但是，我们也要选择一种环保的方法，或者采取一些保护的措施，为活着的人保留一个"清明"。

2008年4月5日

浪 花

我的自知之明

  我上学的第二年就赶上了"文革",学生的主业也从此被政治运动所冲淡。我是属于"脑瓜好使"的孩子,上学起就一直在学习成绩上处于领先的位置。对此我倒没有什么感觉,由于我也说不清的原因,我一直都是背着"骄傲"的不足和弱点的。

  毛主席说:"虚心使人进步,骄傲使人落后。"但是我的"骄傲"并没有使我落后下来,而是一路地进步,以至于前后几届唯有我一个人考入了重点大学。因此,我可以断定当时老师和同学给我的评价是不准确的,起码说是不全面和不客观的。

  参加工作以后我勤奋努力,能力也不低,仕途进步也比较顺利,大家对我的评价很好,其中我自认为很值得"骄傲"的优点是谦虚和平易近人。其实这个评价才是我的本质。我属于内向性格,不事张扬,也不可能真的"骄傲"。那时之所以说我的不足是骄傲自满,是因为也真的找不出我的什么不足来,所以就有则改之,无则加勉地把"骄傲"加在了我的身上。

  到了社会上,工作成为主业,评价人的范围宽了,组织上找到了我新的"不足和弱点",叫"魄力不足",也就不说我"骄傲"了。我对这新的不足和弱点有一分为二的看法,一是缘于性格内向的"冲劲"不足,我接受。

二是基于工作的"闯劲"不足,我不接受。

我自认是管干部的"专家",对人的评价是应该有发言权的。我不认为性格内向的干部都有"魄力不足"的弱点。为此我曾写过一篇小文,题目好像是"论干部的魄力",主要是发泄内心的不满的,观点当然是魄力不是"冲劲",而是"闯劲"。我是有工作闯劲的,闯劲就是敢于创新的精神,这一点我从来就不缺乏。

我的弱点是什么?实事求是地讲,是不善于交际,社会活动能力相对差一些。由于这一条,我在上学时没当过班长、副班长,老师用人还算准确。也由于这一条,使我当下的仕途出现了停滞,也算符合"时势"。

有人说我应该当书记、当市长了。如果不谦虚地说,素质能力工作水平够用。但是,实事求是地讲,我真的当不了,或者说当不好书记或市长,核心的原因是我不善于交际,缺乏足够的"社会资源"。当今的书记、市长不好当,没有足够的社会资源就换不来足够的支持,就很难当好书记和市长。所以,我从不期望去担任这样的职务,这是我的自知之明。

2006 年 10 月 10 日

浪 花

五 分 钱

人们对数字的感觉从来就是相对的,也可以说数字本身就是一个相对的概念。

小的时候,我对五分钱的"钢镚"情有独钟,觉得它厚重,既有相当的购买力,又有一种真真切切的拥有感。五分钱拿在手里有分量,装在衣兜里都显得沉甸甸的。五分钱可以买两支铅笔,可以买一块橡皮,可以买一把铅笔刀,可以买两把小水萝卜,可以买好几块糖,可以买一支最好的冰棍。"冰棍,三分五分"的叫卖声是十分诱人的,一枚五分硬币就可以搞定,让你得到彻底的满足。

现在经济确实是大发展了,但物价也大大地提高了,分币已经退出了流通,就连角币大概也只能在菜市场里、在小超市里流通了。

或许是因为使用频率高的原因,过去的分币是金属的,后来角币是金属的,现在元币已经有金属的了。这分、角、元硬币的变化过程,似乎真实地反映了物价上涨的过程,也似乎真实地反映了经济发展的过程。

是啊,现在的人们有谁还在意一分钱、几分钱呢,就连地上的一角、两角的钱,也很少能勾起人们弯腰去捡的冲动。当然这仅仅是从对人民币购买力的角度去认识问题,如果从对人民币尊重的角度,我们是应该认认

蒲公英

真真地捡起来并擦干净的。

我并没有收藏硬币的习惯，但我家里确实真有一小袋硬币。有时候爱人找东西，这一小袋硬币又出现在我的眼前。这时候，我一定会把那些硬币从袋子里倒出来，把那些五分钱的硬币拣出来，放在手上去掂一掂，是在掂一掂它们的分量和它们的历史。

我小的时候是拾到过五分钱的硬币的，当时的心情现在是无法再体验到了，只能在梦中才能有那种难以名状的心境。姑且不去理会我是否已经把捡到的五分钱交给了警察叔叔，仅仅去理会一下我对捡到五分钱的那种感受，我们就可以发现，现在我们的欲望是多么的大，是多么的难以满足啊。如果我们还能找到捡到五分钱的心情，那应该是多大的币值？地球上的资源能不能支撑现在的人们找到那种感觉呢？！

事实上，我还真的做过好几次捡钱的梦，从来都不是捡了大钱，都是在地上看到一枚五分硬币，高兴地捡起来后，又发现一枚，再发现一枚……看起来，在我的思想深处，对钱的感觉仍然是老样子，没有做到与时俱进啊！

据说已经有专家建议开印千元人民币大钞了。如果果真如此的话，按一般规律我们是要打造十元、五十元的硬币的。这是否意味着人民币又要贬值呢？！

记得20世纪80年代初刚开放的时候，人民币兑换卢布在同一个数量级内，后来突然就1000卢布兑换一个新卢布，而新卢布兑换人民币又很快在一个数量级内了，这就意味着卢布贬值了一千倍。现在一元人民币又能兑换5个卢布了，贬值够快的。

前几天在网上看到了一篇题目为"人民币对不起人民"的文章，不仅说人民币贬值了，而且反映了人民币对内贬值、对外升值的奇怪现象。美元兑人民币已经从"8时代"一路降到了"6时代"，很快就要降到"5时代"了，人民币升值幅度达到了50%左右了。而对内呢？有报道说，十年来人民币贬值四成以上，十年前，1000 元人民币的购买力，现在大约是 574 元。

五分钱的硬币现在已经成为收藏品，其价值肯定是升值了。在我心中，五分钱硬币的价值比收藏品的价值不知要高出多少倍！

2013 年 11 月 22 日

蒲 公 英

"小确幸"的大作用

  我上网主要是浏览新闻,除此之外很少看别的内容,所以对网络语言知之甚少,似乎有点落伍了。昨天是星期天,在家里看《读者》杂志,发现了一个"新词","小确幸",据说在网上已经很流行了。仔细看下去,才知道"小确幸"是微小而确实幸福的意思,是日本著名作家村上春树"发明"的,不是真正的网络语言,只是在网上十分流行而已。而当我把"小确幸"输入电脑进行搜索的时候,发现又不是那么回事,网上有"小确幸",却不怎么流行。看来是作者自己想让"小确幸"能够流行起来,才主观臆断地说已经很流行了。
  不去纠缠"小确幸"是否在网上流行了,但我们是可以对"小确幸"充满期待的。一件微小、确实、经过自己的努力(不是很艰难地)能得到的幸福,会让人真真切切地感受到人生的价值和生活的意义,会让人丢掉烦恼,享受快乐。
  其实绝大多数普通人的幸福都是和衣食住行的琐碎小事相关的,即使是社会公职人员,其幸福的事也大都是日常生活工作中的具体的小事情,能做惊天动地的大事情的是极其少数的人。
  "小确幸"是一个非常积极理性而实实在在的幸福观,有了这样的幸福观,不仅人生将是幸福的,也将是成功的。

「小确幸」的感受可能是很短暂的，但它所带来的积极作用是长久的，这个长久就是"小确幸"积累起来的快乐幸福的人生。

"小确幸"的事情可能是微不足道的，但它一定是成功的，无数的微小的成功，积累起来的就是一个成功的人生。

"小确幸"在哪里？小时候去挖猪食菜，能快点找到野菜多的地块是一个"小确幸"，一片白云遮住了火辣辣的太阳是一个"小确幸"，挖满一麻袋野菜是一个"小确幸"，扛回家满身大汗喝一碗凉水是一个"小确幸"，受到家长的表扬也是一个"小确幸"。一次挖猪食菜的过程中，就有许许多多的"小确幸"，这又苦又热又累的活就成了一次幸福之旅了。所以，树立了"小确幸"的幸福观，人生中便很少有烦恼和"不幸"了。

在我们的日常生活中，每个人都拥有自己许许多多的"小确幸"，发现、保护、享受它，就会使我们的生活充满幸福和快乐。但是我们往往对已经拥有的幸福和快乐并不珍惜，不仅没有增加幸福和快乐，而且增加了不少烦恼和痛苦。

当今社会的一个普遍心态是不满足，绝大多数人都把目标定得太高，而又把达到既定目标当作最大的追求和幸福，苦于奔命、牢骚满腹、怨天尤人、郁郁寡欢，对自己拥有的幸福全然不知。他们是端起碗来吃肉，放下筷子骂娘。他们有存款也不觉得富，于是怀揣一把存折，张口就说社会不公。他们当了官也觉得还小，总言怀才不遇……你到底想吃得多好？想有多少钱？想当多大官？生活中的目标太高、太多了，永远得不到满足，永远也不能幸福和快乐。

人生的成功是一步一步积累而来的，就是古人说的千里之行始于足下，只有步步踏实，才能够远行，只有迈好脚下的每一步，才可能行千里路。而只有坚实地迈好每一步，并享受每一步的成功和快乐，才能坚持不懈，才能幸福快乐地走向成功。

一个好学生总是把做作业题当作一种乐趣，每做对一道题便是一个"小确幸"，当他走完求学之路的时候，他便拥有了在社会上生存发展的

蒲 公 英

扎实的知识基础,既是一个成功的学生,也为成功的人生奠定了坚实的基础。一个好的焊工总是把焊好每一个物件当作一种乐趣,看到每条光滑的焊线便是一个"小确幸",久而久之他便成为技术能手,技术尖子、技术标兵了。一个好干部总是把完成手中的每一项具体工作当作一种快乐的,每当高标准地完成一项工作便是一个"小确幸",一次"小确幸"就是一次能力的提升,业绩的积累。

　　幸福和成功是密不可分的,一个微小的确实的幸福往往就是一个微小的确实的成功。

2013 年 4 月 16 日

浪 花

小 烧 酒

如果有人问我,什么酒的味道最地道,我的回答是肯定的,小烧酒。这大概和我第一次喝酒喝的是小烧酒,而且很长一段时间都是喝小烧酒有关。人们对事物的第一感受往往是最深刻的。

事实上,我把小烧酒作为最地道的酒也不仅仅是因为小烧酒是我第一次喝的酒,而是因为小烧酒是人类有史以来生产的最早的白酒。也就是说,源远流长的酒文化是从小烧酒开始的。

据说,在古代的时候,人们发现剩饭堆在一起,时间长了就产生了一种芳香味,这便是食物发酵产生的酒的味道。如此说来,人类不是发明了酒,而是发现了酒。

酒中的主要成分是乙醇,自然界中的很多物质,严格地讲,凡是含有淀粉、蛋白质和糖等成分的物质,在适当的温度、湿度和酶的作用下,都会发酵产生乙醇。谷物、水果、奶类等都可以酿酒。

大兴安岭的山里生长着一种野生浆果,老百姓叫都柿,学名叫越橘、蓝莓,果汁中含有糖、酸、蛋白质,黑熊最爱吃,吃多了就醉了。原因是黑熊的胃里有一种酶,把蓝莓汁转化成了酒。如果问老熊什么酒味道最纯正,它一定认为是蓝莓汁了。后来,人们真的用都柿酿造了酒,我上大学的时候,还把这种酒带到学校让同学们品尝,酸甜可口、回味绵长,非常好喝。我们所说的小烧酒是白酒,也是中国的特产酒,由谷物酿造蒸馏而成。酿造酒的酒精含量一般不超过20%,这样的含量显然不能满足人们的需要。于是人们便发明了蒸馏技术,利用乙醇易于蒸发汽化的特点获得蒸馏酒。蒸馏酒的酒精度可以达到60%以上,衡水老白干甚至达到了70%。据考古学家考证,人类酿造酒的历史大约有七千多年,而最早出现的蒸馏酒大约在东汉时期,距今两千年之久。

顾名思义,小烧酒是小作坊生产的酒。但从酒的发展史看,现在鼎鼎大名的"大烧酒"无一不是从小作坊开始的,小烧酒可以算是烧酒的老祖宗了。诚然,小作坊的工艺水平较低,所生产的白酒含有较多的甲醇、铅等成分,但也正是这种比较原始的工艺才保留了酒的纯正的芳香。

烧酒的过程主要是粮食固态发酵的过程。以粮食为原料,加入酒曲,经过糖化、发酵、蒸馏、陈放、勾兑等程序,没有添加任何非自身发酵所产生的物质。所产生的酒香成分十分复杂,有的已经检验出是什么物质,有的尚未检验出是什么物质,而且很难定性定量分析。

烧酒的酒香随着陈放的时间而变化,时间越长香味越醇厚绵长。这是酒中的有机和无机的元素,酒的内、外的环境相互作用的过程。有人把上等好酒陈放的时间与酒的品质做了对应性命名,800年以上是琼浆玉液,500至800年是翡翠绿液,300至500年是沉香液,100至300年是如来香液。世上现在仅存有如来香液级的陈年佳酿,道光二十五年生产的东北"小烧酒",已被作为液体文物收藏在国家历史博物馆。所以我觉得,酒香已不单单是物质的问题,而是一个历史的和文化的问题了。

为了获得好的酒香味道,人们发明了勾兑工艺,而且真正的好酒都是由勾兑工艺调出来的。比如茅台酒,是用不同轮次、不同酒龄的原浆酒勾兑而成的,不掺加任何香料和水。即使有些高度数的原浆酒需要兑浆稀释为低度酒,也不会掺加任何其他的物质。早年酿造酒的勾兑工艺是白酒生产的工艺过程,与现代的工艺勾兑酒有着本质的区别。现代工艺勾兑酒是一种生产方式,就是用食用酒精加入水和香料等物质勾兑成白酒。

酒精勾兑白酒始于20世纪60年代，还列入了《1956—1969年科学远景规划纲要》，由酿酒界泰斗熊子书领衔组织"科学攻关"并获得成功。为了使工艺勾兑的酒有酒香，发明了"加香法"和"串香法"。"加香法"就是添加化学香精获得酒的香味；"串香法"就是通过食用酒精蒸汽穿过香醅时吸收香味。现在人们又发明了一种"掺香法"，就是用少量的原浆酒掺加到食用酒精和水里，工艺勾兑酒便有了原浆的香味。工艺勾兑的三种方法都是在"仿造"小烧酒的原香，但勾兑的香味都与原香相去甚远，有着本质的区别。工艺勾兑酒实际是在复制"小烧酒"，但是工艺勾兑的酒无论怎么像，也只能是人们感官层面的像，而这个感官层面的像是靠不住的，有些毒药甚至就有美酒的芳香。

　　时下，工艺勾兑酒在市场上十分畅销，据媒体报道分析，市场上的白酒，七成属于非纯粮酿造的酒精工艺勾兑酒。如果是用食用酒精勾兑白酒也就罢了，毕竟对人的身体没有大的害处。但是，那些没有良心的不法商家利用工业酒精勾兑白酒，这对人体的伤害是非常大的。

　　不仅工艺勾兑酒在市场上十分畅销，而且假酒、"毒酒"也大行其道，精美的酒瓶里装的是什么酒只有喝的时候才能知道。我所说的假酒可以定义为以次充好的酒，"毒酒"则可以定义为以工业酒精勾兑的酒，或者添加了有毒的香料的酒。我喝过茅台酒瓶里倒出来的小烧酒，甚至喝过茅台酒瓶里倒出来的水，也喝过没喝超量就让我昏睡了几个小时的某品牌国窖"毒酒"。不过，目前还没有发现假的小烧酒，小烧酒不会假，也不会"有毒"，因为假小烧酒还没有暴利可图呢。如果造假小烧酒也有暴利可图的话，小烧酒大概也难以保真了。

　　现在一瓶茅台酒的价钱可以买几十斤、甚至上百斤的小烧酒，喝茅台酒似乎已不是在喝酒，而是在喝酒名，文明的说法是在喝文化了。如果喝的是真茅台酒，那"喝"的是真文化。据说假茅台酒充斥市场，要想喝出真文化来也是很难的。拿茅台酒招待客人朋友的时候，心里有点忐忑，起码我是有这样的心情的。所以，用茅台酒招待客人朋友，有时不如用小烧

蒲公英

酒更心安。

据说茅台酒的实际产量只有两万吨，4000万瓶。过去，谁能有一瓶茅台酒是很自豪的，只有招待重要的客人才肯拿出来，这才是茅台酒。但是现在市场上销售的茅台酒有40多万吨，小商店里都能买到"茅台酒"，和小烧酒放在一个平台上了。

在生活中，大多数人喝酒就是喝酒，没有"文化"在里面。小烧酒闻着香，喝着辣，喝了舒筋祛寒……所以，如果不是为了喝"文化"的话，在假酒、"毒酒"充斥市场的情况下，喝点小烧酒是一个比较明智的选择。

事实上，现在喜欢喝小烧酒的大有人在，特别是50岁以上的人，我便是其中的一个。我的一位老领导非常喜欢喝小烧酒，家中藏了好几坛子小烧酒。为了提高小烧酒的质量，不少单位自选粮食，派人监督烧酒，自造"专供酒"，质量很高，口感很好，味道很美。我相信，人们是宁可喝小烧酒，也不想喝假名酒的。但愿这种思想变成一种行动，少一点虚荣，多一点真实。

如果小烧酒真的流行起来，酒的价格可能回归合理，酒类市场也可以回归理性了。

2012年5月26日

浪 花

一同走过　一路辉煌

在大兴安岭广播电视文集《一同走过》即将付梓之际，编者约我为本书作序，实感勉为其难，但又难辞其责，只好写出如下文字，以尽其职。

我实在没有时间全部看完这本几十万字的书稿，只好仔细地阅读了目录并有重点地阅读了十几篇文章。仅仅如此，就已经使我很感动，也很受教育了。

大兴安岭是我国东北地区的后开发地区，地域辽阔、资源富集，但人口稀少，条件艰苦。20世纪60年代的大开发，撩开了大兴安岭莽莽原始森林神秘的面纱，一代代艰苦创业的大兴安岭林业工人，不仅为国家建设输送了源源不断的资源，也创造了激励后人的"突破高寒禁区"的大兴安岭精神。大兴安岭人民支援了国家建设，也感动了全国人民。

伴随着大兴安岭开发会战的深入，大兴安岭人民广播电台应运而生，红色电波承载着党中央国务院、省委省政府的指示精神和大兴安岭人民艰苦创业、无私奉献的鲜活信息，覆盖了整个大兴安岭地区，成为激励大兴安岭人民战胜严寒、突破禁区的精神食粮。

四十年来，大兴安岭广播电视人秉承大兴安岭精神，艰苦创业、奋发有为，实现了广电事业一次又一次的跨越式发展，从单一广播到广播电视、从节目传播到传播自办、从单一节目到频率频道整体开发、从节目录

蒲 公 英

播到录播直播、从无线传播到无线有线传播、从模拟到数字,一座现代化的广播电视台屹立在广袤的雪域林海之中。

当你翻开手中的这本文集的时候,你能看到大兴安岭改革开放的足迹,你还能看到《加区酒厂转亏为盈》《国有林区发展之路》《科技奏响绿色音符》《资源保障新举措　全面停伐樟子松林》《封山育林——三十多个主伐林场先后撤并、调整结构——万余名林业工人转岗显身手》《小蓝莓成就大产业》《天保三年访森工》……

当你翻开你手中的这本文集的时候,你能感受到大兴安岭儿女的豪迈,你看《大兴安岭儿女》《小人物——皇甫加达的故事》《奇人孙乃居》《一个永恒的名字——党为民》《为企业分忧自掏腰包搞造林》《难忘的知青岁月》《兴安岭上的玫瑰》……

当你翻开你手中的这本文集的时候,你能感受到大兴安岭广电人的风采,你看《出发——以记者的名义》《职责、坚守》《声音的足迹》《时代的歌者》《三代人的广电情结》《那山、那林、那塔》《广电人之歌》《忍受、承受、享受》……

书中丰富的内容、深刻的思想、精炼的文字和精美的图片会告诉你更多有关大兴安岭和有关大兴安岭广电人的故事。我的文字是枯燥的,但这本图文并茂的书是丰富多彩的。

文集是历史,更是记忆。四十年的历史、四十年的记忆,有创业的艰辛、有成功的欢乐、有改革的荆棘、有进步的硕果,有个人的成长、有集体的收获,有思想的火花、有精神的闪烁……

文集再现了历史,勾起人们的回忆。有人说忘记历史就等于背叛。《一路走过》的出版,正是大兴安岭广电人忠诚于他们毕生为之奋斗的广电事业的生动写照。

大兴安岭广电人已经用他们的行动书写了四十年辉煌的历史,也一定会谱写未来更加辉煌的篇章。

2011 年 8 月 11 日

浪 花

学会轻松生活

　　现代社会充满了竞争,也充满了诱惑。不论是贫困,还是富裕一些的;不论是城里,还是乡村的,似乎都是忙忙碌碌的,生活得很忙,很累。
　　有没有什么办法让生活轻松一些呢？生活在压力之中毕竟不是一件好事,不仅累,而且压力之下也难以保持身体持续健康。
　　我们的压力很大一部分是来自于工作上的压力,一是工作繁忙、加班加点,二是标准很高,难以达到。
　　工作忙是因为效率不高,效率不高是因为能力有限。要想提高效率,就要提高能力,就要加强学习。世界上没有任何东西是越多越轻松的,只有知识越多越轻松。金钱在一定数量之内是可以让人生活轻松的,但越过了一定数量,金钱带给人们的也是一种负担。所以,要想轻松地工作和生活,学会与书为伴是一条重要的途径。
　　工作标准高就难以达到,达不到是因为能力有限。我们这个社会已经太注重排名的魔力了,无论什么工作都要用排名来刺激一下。但是,排名也是有副作用的,因为即使你尽力了,做得也不错,但因为别人做得更好,你也只得"名落孙山"。要在这种条件下轻松下来,保持淡然的心态是一个选择,只求尽力,不求名次。只是,要保持淡然的心态是很难的,老话说"人有脸、树有皮",没有谁愿意在排名中打狼。这时要想轻松下来,

蒲公英

一个有效的办法是降低岗位。官不是越大越好,岗位也不是越重要越好,关键是你能不能轻松地驾驭,否则就是"死要面子活受罪"了。

事实上,人们生活压力的来源就是对名利的过度追逐,换句话说是欲望过于强烈。降低一些欲望,本已衣食无忧的生活就会轻松很多。

我们仔细地分析一下就可以发现,我们现在的压力主要是来自人与人、人与社会之间的关系。当然,我们是不可能完全脱离人与人、人与社会的关系的,但是我们是可以短暂地摆脱这种关系的,这就是到大自然中去,去看看野花和小草,去听听风声和鸟叫,去吸吸花香和清新的空气。

当我们看到大自然的美丽,听到大自然的天籁之音,没有竞争、没有喧嚣,养眼润肺,静心安神,轻松自然降临在你的身上。

我在黑河曾经分管农业工作。四年多的时间,给了我一个与大自然为伴的工作,我常常到田间、草地、森林中去。那时,我有一种特别清新的感觉,如果找一个词来形容的话,叫"忘我无忧"。人在大自然中是渺小的,渺小到可以忘我的;人是源于自然的,就像孩子之于父母,在父母身边是可以无忧的。

随着生产方式的进步和生产力的发展,人们的生活形态发生了颠覆性的变化,特别是那些最发达的国家,率先进入了钢筋混凝土的世界里,过上了衣食无忧但却忙忙碌碌,丰富多彩但却充满压力的生活。但是,人们很快发现这并不是人类追求的理想生活状态,便开始憧憬田园式的生活方式,自然文学也流行起来。一些长期在都市中生活的中产阶层,也都把拥有依山傍水的别墅当作一种追求。我觉得我们完全可以走进大自然,亲近大自然,享受大自然,这就足以让我们疲惫的身心放松下来了。如果我退休了,也许会选择到有山有水的地方,买一套小平房去住。

社会是纷繁复杂的,没有人能完全地置身于复杂的社会之外。但是,在纷繁复杂的社会里,我们是可以选择简单的。选择简单的衣食住行、简单的社会交往、简单的工作目标、简单的思维方式,构成一种简单的生活方式。粗茶淡饭亦可解渴充饥,三两知心朋友足以排忧解愁,有事可做便

浪 花

可生存,只知其一也能快乐。简单,可以减少许多干扰,淡化许多欲望,削弱许多纷争,避免许多矛盾。简单,让你快乐轻松。

当今社会,要想简单一些是要有定力的,是要把简单生活作为一种追求的。现在对于许多成功人士来说,简单生活已经是一种奢望了。原因就在于他们成功背后的生存压力太大了。但是我们离简单的生活方式并不遥远,只要我们树立起简单的理念,调整好生活的方式,简单的生活就可以轻松地实现了。

让我们简单地生活吧,让我们学会轻松快乐地生活。

2013 年 4 月 18 日

蒲 公 英

引人入胜的美文

  我们这一代人小的时候,书是稀缺资源,似乎不论什么样的书,拿在手上就能读得下去。现在的情况已经发生了天翻地覆的变化,不仅书店里的书琳琅满目、极为丰富,而且电子读物、网络读物更是铺天盖地一般。因此,一本新书出来,如果没有相当的水准,恐怕很难让读者读得下去。我觉得,如果要出一本书,最起码的标准是要让人看得下去(纯理论性的除外),否则似乎就没有必要出版了。

  我的老朋友伟刚继画撰体文集《雪浪花》之后,新书《行云集》即将出版,我有幸成为书稿付梓前的第一读者。

  收入《行云集》的许多散文、游记在《黑河日报》、省级和国家级报刊发表过,还有一些在网上、在伟刚的微信里推送出来,大部分我都品读过,水准和品位很高。我曾和重伟(作家)说过,伟刚现在的散文又达到了一个新境界。不仅捕捉灵感更加洗练,对文字的驾驭更加娴熟,而且每个作品都能让人读得下去,着实引人入胜,真的可喜可贺。

  伟刚写散文,也写诗,而且摄影也是专业水平。出版过摄影集、举办过影展,有的摄影作品还被国外文化部门收藏。因此他的散文不但拥有散文诗般优美的诗句、流畅的旋律韵味,而且拥有明快的光感、清新的层次、严谨的构图,光影美感般铺陈在你的眼前,萦绕在你的耳畔,回味在你的心间。这大概就是伟刚的散文能引人入胜的一个原因吧。

在《北方的海》中伟刚写道："原本风动中金色的秋野，原本潺潺奔流的江河，似乎就在一场雪海海啸之后，戛然静止在了皑皑的白色海洋里了。"文中用动静对比的笔法，活灵灵地演绎了雪海的壮美。在《木棉正红时》中伟刚写道："霸王的长风，同时抚育了木棉树和黎家人的刚毅；昌化江的流水，同时滋润了木棉树和黎家人的柔情。"读后，即使你未见木棉红，你也会领悟那树和人之间割分不开的感情。在《蓬莱月》中伟刚写道："几声爆竹，几羽礼花，划破了寂静的沙滩。回望宝石般镶嵌在海天之间的丹崖，凌空飞出的蓬莱阁优美的戗角，正托着一轮中天皓月。"这是伟刚在中秋之夜的作品，用"中天皓月"收笔，意寓深长。在《古韵遗风象牙山》中伟刚写道："六月仲夏夜的山风凉爽无比，蛙声泉声的互动节律优美动听。清幽客栈门前的葡萄树下，支起一张方桌，笼起一簇蚊烟，尝鲜泉水鲤鱼，酌山参泡老酒，与店主谈天说地，其乐融融。"寥寥数笔，感到、听到、尝到、说到的，生动跃然。

近来伟刚走了很多地方，且一地一篇高产出许多散文游记，堪称上乘之作。为什么？因为读着他的散文游记，你可以跟着作者的文字如临其境，而且会从作者独特的视角中深化你的认识，升华你的认知，勾起你随之一游的激情。这大概也是伟刚的散文引人入胜的又一个原因吧。

在《阿尔卑斯山》中伟刚写道："在欧洲的八天时间里，有五天是沿着阿尔卑斯山脉穿行，经过四个国家。这条山脉并不是有一个或几个山峰，而是龙脊一般，随时都会凸起一束束直插苍穹的峰尖，不是乱石穿空，而是乱峰穿空。夜幕下的阿尔卑斯山却严严实实遮住了落日，而后又十分慷慨地让晚霞的余晖尽情释放。宁静的山拥揽着宁静的山城……山的曲线和山城的灯光，在湖面投出梦幻般的倒影，成双成对的水鸟，在波平如镜的倒影上飞落，不时掀起一道道银色的水线。"跳跃跌宕的描绘中既有山的险峻，又有水的宁静，亦有山的静谧，更有城和物的灵动。

在《诗意古楼》中伟刚写道："有多少人因为看了土楼，才确信中国的乡村建筑文化是如此绚丽多彩；有多少人因为看了土楼，才确信我们祖先的建筑艺术理论是如此美妙神奇。几十座错落有致的土楼，依山傍水连成柔韧有余的半月形楼群。远处观望，很紧凑很有亲情。赵氏方形土楼的唯美，不单凝固在中华红的元素里。那古朴的大青瓦，那方沿圆口提水井、那高门槛两旁的下马石，那丈余对开黑漆大门铜狮扣环、那挂在墙上梁上柱上的斗笠、竹筐、干菜、绳索、蒲扇、木叉渔网，无不物化着中国魂的唯美元素。伫立天井下翠绿翠绿的草坪中央，呼吸着嘉靖年间沉淀下来的乡土文明气息，凝视着老人清瘦的背影和烟雾后的故事，不能不令你感叹，土楼之所以为海内外所仰顾，不正是因为土楼的意境中包容着丰富的民族历史文化内涵吗？"多么细腻的观察，多么精彩的用笔。

　　旅游热在中华大地蓬勃兴起，景区人满为患已成常态。游人匆匆的脚步走过了许许多多的地方，但许多人走过的是"皮毛"，而伟刚深入的却是"骨髓"。在伟刚的散文游记里，有细致入微的情景描述，让你感受到作者观察的细微，文字间营造的独特魅力也弥散开来。这大概就是伟刚的散文引人入胜的另一个原因吧。

　　在《火山雨》中伟刚写道："就在此时，芦苇深处咕嘎、咕嘎几声呼唤，一只母鸭率领五六只小鸭崽儿，一游三转地浮了出来。来到河心，大鸭示范着先冲洗脖颈，再梳理翅膀，然后再啄理胸前的羽毛。雏鸭们早已乱作一团。有的一个连着一个扎起了水猛子，有的爬上大鸭的背上玩起了滑梯，有的把翅膀扇动成了水中的风火轮，那个小不点儿追逐起了河面上的雨泡泡。"在《朱家角小吃》中伟刚写道："就说饼的大小、厚薄、酥软、内层、夹馅，真的是五花八门。阿梁状元饼用九头荠菜切馅，然后以腌制好的梅菜五花肉调和。酵母面包馅擀饼留出气肚，最后平锅炭烤，皮黄馅嫩出锅，香气四溢。缙云烧饼也很有名，个头宛如柿饼，买一个尝尝，一口还没咬透，酥口已经落满衣襟。还有一种更酥的饼，叫袜底酥，饼形如儿童袜底，薄薄的，薄如蚕翼。"

　　一篇好的作品不仅让读者享受语言之美，更重要的是让读者读后有所启发、有所感悟、有所升华,散文的魅力也恰在这里。收入《行云集》中的大多数作品都达到了这样的境界,这是十分难能可贵的。这大概也是伟刚的散文能引人入胜的最重要的原因吧。

在《火山莲》中伟刚写道:"一枚火山莲在一丛芦苇裹着的礁石上鲜活盛开的时候,谁都会茅塞顿开。为什么火山莲冒着化为乌有的生命之险,也要前赴后继地探索生存之路,这不正是所有生命进化的精神所在吗。"在《峰回树影》中伟刚写道:"无论峰回多少重,还是路转多少道,树木一定伴相左右。越是在环境原生、人烟罕至的地方,越是在高处清寒、人行艰难的山峰,树的生长就愈加奔放,生长的形态就愈加完美。"在《古今景德镇》中伟刚写道:"就要惜别景德镇了,景德镇很值得朝拜。我蓦然觉得,那些琳琅满目的陶瓷所闪耀的灿烂光泽,不正是一个古老而又年轻的民族的生命之光吗。"在《中华门记忆》中伟刚写道:"苍天有知,苦难的中国已经过去,中华门见证了一个内乱而软弱民族的屈辱历史,更会见证一个伟大民族的复兴和强大。"

伟刚的《行云集》有许多可圈可点之处,我以浅读粗识谈了自己的读后感,相信每一位阅读此书的朋友都会有自己的体会,也希望各位能把真知灼见写出来与大家分享,或许这也是一件很有意义的事。

伟刚有着丰富的人生阅历和工作业绩,也有着坚实的文学功底。作为从政者的伟刚已近退休,但作为文学家的伟刚却风华正茂,正是激扬文字的青春时代。相信伟刚一定不会辜负大家的期待,不辜负值得歌颂的祖国的大好河山、悠悠历史和灿烂文化,创作出更多更好的作品来。

2015年10月31日

蒲 公 英

追求完美形象

在汉语中,十不仅仅是一个数字,更是一个表示达到顶点的文字,比如十足、十成、十全十美,就是完美的意思。

不知从什么时间开始,"十佳"评选活动渐渐普及开来,成为各行各业推进发展进步的重要方法和手段。于是,"十佳"便成为时尚而完美的象征,也形成了引领社会发展进步的品牌群体和榜样群体。

您手中的这本图文并茂的画册向您展示了黑龙江省广播电视系统首届系列十佳的形象。他们或许并不是十全十美的,但在每一位十佳个体的身上,都有着闪光的亮点和完美的元素。当我们把这些闪光的亮点、完美的元素综合在一起的时候,您一定会看到和感受到一个完美的龙江广播电视人的光彩形象。

他们政治上是成熟的,头脑清醒,心中有大局,落笔绕中心,始终与党中央保持高度一致;

他们是充满爱心的,关注百姓生活,关心百姓冷暖;

他们是富有正义感的,坚持维护法律尊严,坚持用事实说话,坚持同不良倾向做斗争;

他们是文明的使者,自觉弘扬传统美德,传播先进文化,向社会传播正能量;

浪　花

他们是广博的知者,党政军民、工农商学,省市地区、县乡村镇,不是精通,也能初识;

他们是聪明的智者,有独特的视角,有独到的见解,有点睛的妙笔;

他们是艰辛的行者,没有他们走不到的地方,最艰苦、最危险的地方也能看到他们的身影;

他们是可爱的"美者",声音富有磁力,形象富有魅力,益神悦耳,赏心悦目,风光无限。

愿这些成为龙江广播电视人的群体品格和群体形象。

2014 年 4 月 22 日

蒲公英

莫力达瓦旗文化

（一）

2010年9月3日,我们去九三分局参加首届国际大豆产业博览会暨北大荒大豆节,午饭后就去莫力达瓦达斡尔族自治旗(以下简称"莫旗")参观了。

在这里,黑龙江省与内蒙古自治区以嫩江为界,莫旗在西,我省的讷河市和嫩江县在东。1998年大水后,这里截嫩江修了一座特大型的水库——尼尔基水库,水面面积500多平方公里,丰水期库容可达80多亿立方米。这个特大型的水库不仅给两岸三县人民带来了巨大的福祉,而且把三县的关系拉得更加紧密了,形成了一个跨省界经济社会合作体。莫旗已经把嫩江县作为自己的经济中心,销售农产品、购买生活用品都到嫩江县来。两县旗之间的关系也十分融洽,听说我们来访,好客的莫旗领导做了精心的安排。

在我的印象里,少数民族自治县(旗)都比较落后,尽管我知道近些年来整个内蒙古发展速度很快,加之自治区成立五十年大庆时国家给了很大的投资,城镇建设步伐很快。当我们进入莫旗小城的时候,还是被深深地打动了。

（二）

　　进入莫旗小城不远便是刚落成没有几年的莫旗文化体育中心，也是莫旗的曲棍球训练基地。文化体育中心设有一个曲棍球发展史的展览，不仅使我们了解了曲棍球，也了解了曲棍球与达斡尔民族的渊源关系。

　　达斡尔民族的先民们也是游猎民族，善于骑马，并发明了马上体育竞技活动，即曲棍球运动。队员们骑在马上，手持曲棍，在飞驰中翻身击球，威武而又矫健。渐渐地，人们打马击球，逐渐演变成现在的曲棍球比赛。因此，达斡尔先民是中国曲棍球的鼻祖，中国唯一的达斡尔民族自治旗也理所当然地成为中国的曲棍球之乡。

　　不仅从曲棍球的历史上讲，莫旗是中国的曲棍球之乡，而且从曲棍球运动开展的现状讲，莫旗也是名副其实的中国曲棍球之乡。莫旗的曲棍球运动现状可以用"三多一热爱"来形容，即莫旗的曲棍球场馆多、比赛多，参加曲棍球运动的人数多，莫旗人民普遍十分热爱曲棍球运动。

　　莫旗不仅年轻人喜爱曲棍球，而且老年人、儿童也都喜欢曲棍球，专业球队、业余球队非常多。从小学到中学，每个学校都有曲棍球场地，旗里还建了几块标准化的曲棍球场地，都是国家最高水平的曲棍球场地。

　　在莫旗，经常可以看到曲棍球比赛，有正式比赛，也有非正式比赛；有专业比赛，也有非专业比赛；有地方性比赛，也有全国性比赛。一些区域性的、全国性的比赛都特意选在莫旗来举办，原因之一就是这里有曲棍球的"粉丝"，有懂曲棍球、热爱曲棍球、参与曲棍球的忠实观众，在这里举行曲棍球比赛不会冷场。

　　莫旗人不仅喜欢曲棍球，也精于曲棍球，莫旗曲棍球队的水平几乎就是国家队的水平。莫旗曾经给天津输送过几名球员，并使天津队获得了当年的全国冠军，而莫旗则用输出球员的收入建了一块标准的比赛场地。

蒲 公 英

当地人戏称,天津人得了一个冠军,我们得了一块场地。最能证明莫旗曲棍球水平的一件事是,参加2008年奥运会的国家队中,有7名球员来自莫旗。

体育和文化是相通的,当体育成为一种时尚,它便以文化的方式传播和影响着一个地方的经济、社会和人文。

在莫旗,曲棍球似乎已经成为一个产业、一种文化,并浸透到社会的各个方面,连莫旗的空气中也仿佛弥散着曲棍球的气息。

(三)

达斡尔族是我国少数民族之一,全国仅有十几万人口,大部分居住在内蒙古的东北部,而最集中的当属莫旗,有3万多人。莫旗现有人口30余万,达斡尔族约占10%左右。尽管这里的达斡尔族人仍然是"少数",但这里的文化却有着鲜明的达斡尔民族特色,从城市建筑到室内装饰,从饮食习惯到穿着服饰,从产品品牌到街道名称,从文化演出到旅游景区,文字的、符号的、色彩的,到处都可以体味到达斡尔民族文化的鲜明特色和神韵。

黑河地区也曾是达斡尔族先民的聚居地,爱辉区现在仍然有两个满族达斡尔族民族乡镇。但是,我们也只是在达斡尔族传统节日的时候,在舞台上才可以看到身着民族服装的达斡尔人。

我对达斡尔民族的历史知之甚少,只知道他们在抗击沙俄中曾经发挥了巨大的作用。这次来到莫旗,才从这浓浓的达斡尔民族历史文化氛围中了解了更多的达斡尔民族文化。

在没有现代科技证明的时候,达斡尔民族来源也有两说。一是土著说,认为达斡尔人最初主要分布在黑龙江和精奇里江河谷,应是黑龙江北部土著民族的后裔;另一是契丹后裔说,主要是依据语言、方志、历史传说及某些习俗与辽代契丹人有相同的特点,认为北方达斡尔族的祖先是契丹人的一支,在金灭辽时北迁黑龙江流域北部,发展成为达斡尔族。

一门新兴的科学技术给了我们一个明确的答案。科学家利用DNA技术证明,达斡尔人与契丹人有着最近的遗传关系,在同一个族群之内,达斡尔人为契丹人后裔。

达斡尔民族的历史可以追溯到11至12世纪,在漫长的发展史中形成了丰富而有特色的民族文化。为了传承、为了弘扬,也为了促进发展,莫旗政府出巨资兴建了达斡尔民族风情园。我曾受市委委托组织建设过黑河的中俄民族风情园,对此还算有点发言权。

当我们进入达斡尔风情园以后,给我的一个强烈印象是大气,立在两座山顶上的两个大型雕塑有着强烈的震撼力。一个是一尊萨满神铜像,高20多米,被收入上海吉尼斯纪录;另一个是代表民族特色的大轱辘车的轮子,直径也有20多米。我们所建的风情园中有一个放大的石刻斜人柱,高26米,比实际的放大了四五倍,而他们的这两个雕塑大约比实际放大了十四五倍,确实很大气,放在山顶上都显得那么高大雄伟。

萨满神像的底座实际上是一座萨满文化博物馆,内容很丰富,但布展手段则比较落后,属于20世纪中后期的水平,也可以说算一个展馆的水平。但无论怎么说,这是一个县级政府做的,我们六个县(市、区)中还没有一个像样的展览馆,更不用说像样的博物馆了。从这一点上讲,莫旗的领导者是有文化品位、文化眼光和文化胆略的。

我说莫旗的领导者们有文化品位、文化眼光、文化胆略,不仅是因为他们建了这么一个民族风情园,还因为他们把文化融入城市建设之中。除了建筑装饰上的民族特色元素之外,我们还见到了许多石雕和铜雕。

在去往风情园的路上,有一个广场,中间是一个主雕塑,周围散落着四组反映达斡尔民族风情的铜质雕塑,其水准不亚于一个省会城市的广场,在县级城市就较少见了。只可惜我没有记住名字,也没用相机留下它的尊容。

除此之外,莫旗还建有达斡尔民族博物馆,可能是由于时间问题,主人并没有邀我们前去参观,但据说是一个很不错的博物馆,下次再到莫旗的话,我一定要去参观的。

晚餐安排在新落成的莫力达瓦宾馆,内部装修也很有文化品位,特别是墙上的一组"老照片",不仅提升了文化品位,也增加了历史的沧桑感。少数民族的饮食文化都很有特色,伴着悦耳的民族歌曲,几位达斡尔歌手敬上三杯美酒,头两杯可以喝上一点点,这第三杯,无论你是否有酒量都必须喝干。吃的是什么美味已经忘了,只记住了餐间的文化。

(四)

近几年,黑河市的卫生环境大大地改观了,在全省据说可以数一数二的,我们也着实感到骄傲和自豪。尽管我们各县(市)也做了大量的工作,但整体上讲与市区相比仍有较大的差距。但是,这次到莫旗参观,我觉得这座小城的卫生环境起码不比我们市区差。

莫旗有一条新修的很宽、很直、很长的大街,取名巴特罕大街,和我们的通江路一样,看不到一片纸屑、一丝杂草。我们的车子走了很多条街路,一直开到了郊区,卫生状况同样很好。我们不是高级领导,不可能特别安排搞搞卫生,这就证明莫旗的卫生环境是常年如此清洁的。

不仅主要街路的卫生很好,而且莫旗的一家一户、一门一店的卫生搞得似乎也很好,门庭清洁,窗几明净。如果说街道的卫生好坏更多地取决于城市管理水平的话,那么一家一户、一门一店的卫生好坏则更多地取决于人民群众的卫生习惯。莫旗卫生环境好,不仅有管理的力量,更有习惯的力量。

卫生习惯的根基实际上是一种文化,习惯的力量实际上是文化的力量。养成良好的卫生习惯是一个渐进的过程,但加强精神文明建设会大大地加快这一进程。环境与习惯也是一个互相促进的关系,环境改造人、人也改造环境,通过营造良好的卫生环境也可以大大地加速良好卫生习惯的养成。

　　莫旗是一座小城,当地人为家乡翻天覆地的变化而骄傲,而我则为这里的文化氛围而欢呼。当一个地方把文化作为自己的品格的时候,她便拥有了品位。

2009 年 10 月 3 日

蒲公英

北 极 村

我曾经在大兴安岭参加小城镇建设会议时到过漠河县,并随团到过北极村,但由于时间比较紧,只留下了几张照片而无更多的深刻印象。近年来,漠河下大功夫发展旅游事业,并推出了"找北"的核心理念,北极村便声名鹊起,一时成为人们趋之若鹜的旅游胜地。借去大兴安岭调研之机,我再次来到北极村。

(一)

北极村坐落在大界江黑龙江南岸,在祖国雄鸡版图鸡冠的地方,是我国最北的村庄,所以称为北极村。提起北极村,很容易让人们想起北极星来。北极星是距地球北极很近的一颗恒星,方位上差不多正对着地轴,从地球上看北极星,它的位置几乎是不变的,人们可以靠它来辨别方向。人们常说"找不到北了",实际是找不到方向了。找到了北极星,就找到了北,找到了北就找到了方向。

聪明的漠河人便把"找北"作为漠河发展旅游业的核心理念,大张旗鼓地做起"北"文章来。到漠河"找北"已经成为一句双关语,似乎到了漠河北极村就能找到人生的方向了。一句"到漠河找北去"成了漠河旅游最好的广告语。

最北村庄也给村里的各个单位和建筑物加了一个"最北"的定语,最北人家、最北饭店、最北供销社、最北邮局……在北极村里见到最多的字就是一个北字。漠河人把九十九名著名书法家书写的"北"字刻在石头上,散落在北极村沙洲公园里,并创作了北极雕塑,建了一个"北"字主题公园。

在这里,人们随处可见"北"字,更有一个竖立的石碑上刻着"我找到北了",于是人们便似乎真的是找到北了,找到人生方向了。

(二)

省委、省政府正在推进旅游名镇建设,北极村名列其中,而且排在第一位,似乎要打造一个黑龙江省第一旅游名镇。

旅游名镇是应该有历史的。北极村的历史并不长,具有历史文物价值的遗址遗迹也不多,但是这里的人民正在"打造"自己的历史文化。

清朝末年的胭脂沟很有名气,与胭脂沟有关的历史人物李金镛在历史上也有一定的影响。对于这段历史,漠河正在计划深度挖掘和展示,将会成为北极村的一个历史文化景区。

北极村一带曾经有鄂伦春人活动,但并没有留下遗存,目前也没有鄂伦春集中聚集地。北极村不仅已经建了一个鄂伦春"民俗村",而且建了一个鄂伦春民族展览馆,把鄂伦春民族发展史详尽地展示出来,增加了北极村民族文化氛围。

最北供销社,始建于1977年,已经有35年的历史。尽管这座典型的红砖房子做了外立面装修,但室内的陈设仍然保留了20世纪七八十年代的原样,也已经成为一个旅游景点。

最北邮局实际上已经完全改变了历史形象,引进了西方圣诞文化,改称最北圣诞邮局了。在这里可以感受圣诞文化,也可以给亲朋好友发一

蒲公英

个来自最北的祝福。

北极村还有许多可以冠为最北的单位或建筑,如最北广播发射台、最北工商所、最北哨所,等等,都可以做一些历史和文化的文章,开辟出新的能够勾起人们兴趣的景点来,让人们能够在这里感受更多的文化和文明成果。

北极村正在大规模地开发建设,主人曾建议我看一看北极村开发建设规划,我坚持没看,其原因是怕见到一个全新的村屯建设规划,把仅有的一点历史文化氛围都弄没了。我的担心可能是多余的,因为最北供销社还立在那里,村里一些木刻楞的老屋子还在,说明我们的建设者们是有文化品位的,是有历史感的。

我是想把最北广播发射台的历史留住的,恢复1978年建设时的原貌,再增加一个小的台史展示室,摆上能勾起人们回忆的老式收音机,并让其传出艾青、葛兰、铁成、丁然等老一代播音大师穿越时空的声音,或许真的能成为北极村的一个亮点呢。

(三)

我这次是9月中旬来到北极村的,应该是北极村自然风光最秀美的时候。

湛蓝的天空飘着洁白的云朵,秋色染尽了连绵起伏的山川,一江清澈的秋水静静地流淌,几只江鸥贴着水面飞翔,到处都是大自然绝美的图画。

在去往桦树皮画作坊的路边,我拍下了一幅照片,远山近林围绕着一汪深蓝的秋水,林中隐隐露出祠庙的塔尖,近前的树枝挂着五彩的叶子,枯黄的野草连进水里,蓝蓝的天空,五彩的山林,幽静的湖水,天地造化的美景。

我们住的宾馆是一座别墅,坐落在七星山边,北侧有彩林,南侧有画山。清晨的时候,浓雾掩映了一切,只留下孤零零的别墅,让你忘记是在天上,还是在人间。当浓雾渐渐淡去,阳光射向薄雾缥缈的五花山,凉风习习,彩林鲜艳,薄雾似纱,好一幅大自然清新妩媚的画卷。

实际上,北极村四季分明,景色迥异,有人形象地描述为,春季百里杜鹃,夏季绿满山川,秋季五花山色,冬季冰雪连天。

北极村独有的自然景色是北极光。每年夏至的时候,北极村会出现极昼现象,一天内有近20个小时可以见到太阳。如果天气条件适合,当太阳隐去之后,天空会出现绚丽多彩的北极光,蔚为壮观,引人入胜。

旅游开发讲究的是独特性,我对大兴安岭的考察了解是不全面、不深入的。但是,这首诗会给您一个满意的答案。

龙江滚滚淘不尽八百里金沙,
林海茫茫掩不住最北人家,
五花山色抒不尽大山的豪情,
冰雪连天压不住报春的新芽,
奔腾的群山是戍边的战马,
满山的松桦是山神倔强的胡茬,
变幻的北极光是鄂伦春少女神秘的面纱,
盛开的杜鹃花是雅克萨高举的火把。

2012年9月14日

杂　谈

杂 谈

智商和情商

终于等到了教育制度全面改革的这一天了。

现在的孩子实在是太累了,刚出生便按神童去计划、培养着,从妈妈的怀抱里就开始一步一步地去为聪明而奋斗,去为知识而奋斗。我们的教育制度也一直在朝着这样一个目标"完善"着,这个目标就是"高分",就是高升学率,而这个分、这个升学率是仅仅与孩子们的智商相关的,一句话,高智商是孩子的追求、家长的渴望,也是学校的目标和任务。

为了这样一个目标,孩子、家长、学校都是使出了浑身的解数的。孩子们放弃了娱乐的时间,全身心地投入到学习中来;家长们用尽精力、财力筋疲力尽地支撑着孩子的学业;学校则使出各种手段去提高培养学生智商的办学质量,以至于教育行政部门也跟着动起来,评出重点小学、中学、大学,甚至连幼儿园也分出等级来。这些重点学校也因能提高学生智商而受到学生家长的追捧,门槛大幅度地提高,以至于连周边的房地产也升温、升值了,造出了一个新词,"学区房"。

智商果真如此神奇吗?智商果真如此重要吗?回答可能是否定的。

首先从理论上讲,智商不是最重要的。20世纪90年代,两位美国心理学家提出了情商的概念,是相对于智商而言的一个概念,并逐渐被社会所认可,成为评价人的能力的重要指标。

蒲公英

最新的研究成果显示,一个人的成功,只有20%归于智商,80%则取决于情商。美国哈佛大学的教授丹尼尔·古尔曼认为,"情商是决定人生成功与否的关键",并与专家合著了《情商:为什么情商比智商更重要》一书,全面阐述了情商的重要作用和发挥作用的过程。

其次从实践上讲,智商也不是最重要的。中国学生的智商水平是不低于任何国家的,在世界奥数比赛中,拿第一的往往都是中国学生。但是,能获得诺贝尔数学、化学、物理、医学等自然科学奖的,中国自己培养的学者尚还没有。中国政界和商界的成功者,尽管并不排除智商高的人,但仅仅智商高的人很难取得长足的发展,那些在校时是学生干部或非正式组织的"领导者"们,却因情商水平高而平步青云。

关于情商的研究已经有了很大的进展,可能尚未形成一整套公认的科学体系,但是一些重要的观点是有助于我们理解情商及其重要性的。

现在理论界对情商还没有给出一个完全准确的概念,普遍认为情商是指人在情绪认知、情绪管理、挫折耐受、人际交往等方面的能力,也可以简化为人的自知、自控、自励能力和通情达理、和睦相处的品格。这些能力和品格的形成是以智商为基础的,但却不完全是靠读书获得的,而主要是在人际互动中培养起来的。

研究成果表明,情商的培养和提高是从幼儿开始的,并在学生时期基本定型,尽管后期仍有提高的潜力,但与学生时期相比幅度明显要小得多。因此,学校教育的任务绝不仅仅是提高孩子们的智商,而必须做到智商、情商同步提高。

教育改革已经剑指应试教育,这是一个历史性的进步。我们不能否定应试教育在"文革"以后教育发展中的重大贡献,但是应试教育本身的弊端的确是显而易见的。应试教育不仅忽视了学生情商的培养,而且对智商的培养也有一定的局限性,所谓的高分低能现象,不仅仅指情商方面能力低,而且也包括智商方面的创新能力不足的问题。

从目前所见到的改革措施而言,教育改革的方向是教育公平和均衡,这有利于提高学生的智商水平。但是,如何在教育改革中充分考虑培养和提高学生的情商水平,这还是需要凝聚共识的,是需要进一步深化改革措施的。因此,应该在推进素质教育的过程中,提高集体活动和社会活动的数量,通过集体活动和社会活动提高学生们的情商水平。在这方面,我们是应该做出制度性设计的。

2013 年 12 月 12 日

蒲 公 英

自扫门前雪

　　北方的冬天经常下雪,清扫积雪便成了一项经常性的事情。小的时候,每场大雪之后,家家的孩子们都奉命出来自扫门前雪。城里人很聪明,发明了一个颇具管理意义的名词,叫"门前三包",这三包的内涵就是"自扫门前雪"。

　　从小就知道有一句俗语,叫"各人自扫门前雪,莫管他人瓦上霜"。看上去有点消极,缺少点乐于助人的精神,但是却实实在在,是有着深刻的哲理的。

　　记得我小的时候,大家住的都是平房,一家一个小院子,小院子又和门前的小道连着,构成了自家的一个小环境。那些生活习惯好的人家,小院子打扫得干干净净,就连院外的小道也铺垫得平平整整的。冬天雪落之后,他们都是及时地自扫门前的雪,以便能够生活得顺利一些,生活环境好一些。一些生活习惯不好的人家,院子里乱七八糟的,冬天落雪后也从不自扫门前雪,靠自己的双脚踩出道来。雪下得大了,踩出来的道也是很难走的。

　　我一直认为人和自然是一对矛盾,人类的生存是以破坏自然为代价的,不仅人的衣食住行要掠夺自然资源,而且人类的生活都是在污染环境的。可以肯定地说,在一般情况下,凡是有人居住的地方,环境都会遭到污染和破坏。一直到了人类文明高度发达以后，人们才注意并在环境保护上做出了应有的努力，去实现人与环境的和谐。

　　人类生活之所以污染环境，最主要的是生活垃圾得不到有效处理。农村现在尚没有处理生活垃圾的习惯，冬天是家家门前一个小垃圾包，夏天就形成围村的垃圾圈了。在有些管理不好的城市，由于大家并不太注重垃圾的包装处理，于是所有的垃圾集中点便成了垃圾扩散点。夏天的时候，垃圾箱里流出的黑水臭气熏天。时下的许多公共场所都是垃圾满地的，这都是人们随手扔垃圾造成的。天安门广场曾搞了一次清理泡泡糖的行动，这可是人们随意吐出来的污染啊！至于烟头、纸屑、塑料袋满地等等，那就是十分普遍的现象了。

　　现在人们的生活条件好了，旅游成为人们休闲的重要选择。但是随手扔垃圾的现象也使得景区苦不堪言，特别是旅游者留下一片"狼藉"，令人不耻。在一些地方找厕所是不需要询问的，因为你可以用自己的鼻子去找。北方的黄叶是可以落尽的，但"白叶"却可以随风"长"上去，白色污染已经成为一种通病。

　　我列举了如此一些现象，就是想说明一个问题，作为一个人，在生活垃圾处理上，我们是尚未做到自扫门前雪的。

　　我们许多人到过发达国家，在那里见不到满街的烟头、纸屑、泡泡糖，厕所里空气清新，野餐的人们都用塑料袋带走自己的垃圾，环境优美整洁。

　　对此，我们是否应有所感悟呢？我们是否认识到一个最简单的道理，环境保护很大程度上来源于人们的"自扫门前雪"呢？

2014年2月9日

道德的进步与回归

（一）

我们现在强调要弘扬传统美德,的确是十分必要的。我仔细地想了一想,在我身上所体现出来的传统美德,大都是在青少年时期、甚至是在儿童时期形成的。

百善孝为先,孝是传统美德中最重要的内容。孝文化的发祥地大概是可以首推山东的,我家是地地道道的山东人家,就连我本人也是出生在山东老家的。因此,在我家里便保留了许多孝文化的仪式或习惯。在我很小的时候,过年是要给父母、爷爷、奶奶磕头的,就连四五十岁的父母也要给爷爷奶奶磕头。物资匮乏,家里有点好吃的,要先给长辈们吃。记得有一次爷爷从老家来东北,第二顿吃剩饺子,因为少只能给爷爷吃。我小不懂事,非要吃,虽然受到"惩罚"式的教育有些委屈,但在幼小的心灵里却种下了孝敬老人的种子。

小的时候,大家都唱一首儿歌,歌词是:"我在马路边捡到一分钱,把它交给警察叔叔手里面……"能做到这一点便会受到老师和家长的赞赏。小孩子大都有比较强的"虚荣心",所以,有人上升到教育规律角度说"孩子是夸出来的"。不论是真的,还是假的,那时经常有学生交给老师捡到的钱和物品,似乎我也有过这样的经历。尽管个别人有"弄虚作假"的现象,但总体上讲是形成了浓浓的拾金不昧的氛围的,拾金不昧也大有蔚然成风之势。

考试伴随着学生的学习生活。分数高低也是区别好坏学生的重要标准之一。我从小学开始就一直是学习尖子,因此是不用抄袭别人的。但是,我似乎也很少被人抄,因为考试打小抄是为人所不齿的,是很难堪的事。老师、家长、大人们都鼓励、教育孩子要做诚实的好孩子。有一次我偷着和同学去东沟子学游泳,回来被母亲用手指甲刮皮肤的方式验出来,并被狠狠地训了一顿。诚实守信的根在我的思想里是扎得很深很深的。

小时候的确是缺吃少穿的,没有铺张浪费的理由。即使是这样,也还是受到了严格的勤俭节约的教育。记得"文革"期间,父亲单位给每位职工家做了一块小黑板,并在分配给你的时候,在黑板上有针对性写上一条毛主席语录。单位给我家写的毛主席语录是"不要大吃大喝、反对铺张浪费"。我当时是不很理解的。据我父亲讲,可能是他工资相对高一些,家里条件相对好一些,怕出现这样的问题吧。那时吃的东西掉在地上,都是要捡起来弄干净吃掉的。写字本也是要正反面用的。我上小学的时候,中午在学校吃冻馒头,边吃饭边在写字本的背面打方格。

还有很多很多事情,都在我身上留下了深深的烙印,也可以说成就了我比较健全的人格。

(二)

我们现在强调要加强公民道德教育,的确是十分必要的。我仔细地想了一想,现在社会上流行的东西,有些的确是和道德两个字背道而驰的。

我国的计划生育政策无疑对人口控制起到了巨大的作用,但是也直

蒲 公 英

接导致了独生子女现象，家家都有一个小"皇帝"，受到爷爷奶奶、姥爷姥姥、爸爸妈妈和亲戚长辈们的百般娇惯。他们似乎很少知道什么是孝，为什么人要讲孝道。我曾被央视的一个孩子给母亲端洗脚水的公益广告感动得热泪盈眶，但这恰恰不是社会的主流现象。当今的青壮年们大都在为财富而奔忙着，孤独的老人们便都在心里发着"忙，都忙"的无奈，这是一则公益广告中一位老奶奶的"台词"。

经济发展成为党的中心工作，全社会似乎就是一部经济机器，人们的思想、行动都随着这部经济机器的运动而变化，当这部机器进入唯利是图的程序的时候，它便带来唯利是图思想和行动的普遍化趋势，控制不住就会造成全社会唯利是图行为的普遍化。事实真的令我们比较悲哀，我们不得不承认唯利是图行为的普遍性。

经济健康发展是需要一个诚信的环境的，但在法治不健全、规则不科学的情况下，诚信也难以自保，于是便滋生了弄虚作假。除了高考、国考之外，还有多少考试结果是可信的，那些在党政机关进行的各种学习方面的考试，已经可以堂而皇之地打小抄了。商店里那些琳琅满目、花花绿绿、精致精美的名牌商品，还有多少是真品呢？我在美国学习时，一位教授举起手臂让我们看他腕上的"劳力士"手表，并带着一种特殊、狡黠的眼光告诉我们，是在中国北京买的，150元人民币买的。

经济的确是大发展了，正常生活的人们似乎不会再为五斗米折腰了，很多人过上了富裕的生活，也有一大批人过上了奢华的生活。追求美好生活是人类的本能，但超越理性的追求，则是过度消费，是铺张浪费。我们的发展似乎来得太快了，有些人还未准备好理性地对待财富就富有了，于是很多人便丢掉了勤俭节约的生活方式和良好品德，七八成新的衣服不穿了，一顿饭可以吃成百上千了，剩菜剩饭打包觉得难堪了。于是不少一夜暴富的人奢侈无度，花钱如流水，住豪宅、坐豪车、吃大餐、喝洋酒、穿名牌、戴名牌、用名牌，珠光宝气，纸醉金迷，一掷千金。

还有很多很多事情，都是曾经为我们所不齿和批判的，现在有些习以为常了,有些见怪不怪了,甚至也随大流"羡慕"过呢。

(三)

我们现在要培育社会主义核心价值观,的确是很有必要的。我仔细地想了一想,我们的民族在道德建设上是既需要进步,也需要回归的。

我们是应该承认我们道德方面出现的问题主要是片面追求经济发展导致的,有些问题也是和经济发展伴生的。但是,我们不能因此而放弃发展经济,也不能把责任归咎于经济发展,因为发展经济本身是没有问题的,关键是我们发展经济不能有片面性,不能放任经济发展负面性问题的自由蔓延。我们需要的是科学发展,需要树立经济发展条件下的道德方面的新观念,需要科学的观念、法治的观念、诚信的观念、民主的观念、自由的观念等等,抵御经济发展的负面性,这就是道德建设的发展和进步。

道德建设是具有很强的继承性的,中华民族灿烂的文明史给我们留下了丰富的优秀的道德文化。但是,由于我们过于看重了经济发展本身及其带来的物质层面的改善和进步,从而削弱甚至中断了传统优秀美德的传承,出现了道德标准的普遍性下滑。我们是应该觉醒了,否则中华民族将难以傲立于世界民族之林。传承优秀传统美德,回归优秀传统美德,这不是一件难事,因为华夏儿女的身上流淌着优秀传统美德的血液,有着优秀传统美德的基因。只要我们清醒了,不再迷惘,我们就会表现出传统的优秀的道德品格。

树立道德新观念也好,回归优秀传统美德也好,归结到一点,就是要树立社会主义核心价值观。社会主义核心价值观,既传承了中华民族的传统美德,又体现了人类社会发展进步的客观需要和文明进步成果。它一经提出便获得人民群众的广泛认同,也唤起了人们再塑中华民族道德风貌的思想自觉和行为自觉。事实上,我们已经感受到了新变化、新进步、新形象、新氛围。新氛围的形成至关重要,因为道德养成是一个渐进的过程,绝不是一朝一夕就能一蹴而就的,需要一个浓浓的氛围,发挥潜移默化作用。我们几乎举目可见核心价值观的公益广告牌,我们已经经常可以在广播电视网络上接收到公民道德行为的正能量,我们也正在越来越多地接受着符合社会主义核心价值观文学影视作品潜移默化的教化。一句话,我们已经处在了一个浓浓的培育和践行社会主义核心价值观的氛围之中。从某种意义上讲,我又有了儿时的那种感觉,耳边似乎响起了"把钱交到警察叔叔手里面"的歌声,而且我们不再贫困,不再活得没有尊严。

  凡事欲则立,不欲则废。培育和践行社会主义核心价值观,党和政府有决心和信心,人民群众有认同和期望,可以肯定地说,我们已经在道德建设的新征程中坚定地起步,并正在新征程中坚实地前行,我们必将重建中华民族的道德自信,必将在世界上重塑中华民族良好的道德形象。

2015 年 2 月 28 日

杂 谈

土豪金是什么颜色

不知什么时候,土豪金成了流行语,似乎也成了流行色。我在这方面是有些迟钝的人,第一次在网络上见到这个词是被用在人民日报社新办公楼上的,我记得似乎是"人民日报社新楼披上土豪金"的网络文章的标题。当时我是打开网页探了一个究竟的,看一看土豪金到底是一个什么颜色。

我从小就对色彩缺乏热情,也缺少天赋,因此便没有和绘画攀上关系。不过,我是木匠的儿子,年轻的时候也算是一个成手木匠,所以也是接触过颜色的,但是我从来就没听说过土豪金这个颜色。我想,在颜色的谱系之中,恐怕真的是不存在土豪金这个颜色的。我在网页中见到的披在人民日报社新办公楼上的颜色有点像做了旧的金色,氧化了的金色,也有点像刷在农村土房墙上的颜色。

其实,土豪金根本就不是一种真正的颜色的名称,它和黄金相关,却又演化成一种炫富的心态,而且富得并不高雅,充其量也只能算是土豪而已。

土豪一词的含义是不难理解的,是指地方上有钱有势的家族式人物,甚至是专指乡村中有钱有势的恶霸的。我国土地革命时期有一句流行的词是"打土豪、分田地",《红色娘子军》中的南霸天应该是典型的土豪吧?

蒲 公 英

　　六十多年过去了，土豪这个词曾经是被我们淡忘了的，然而现在又成了热词，还和金色连在了一起，据说很有可能成为 2014 年最流行的词，对此，我是有点五味杂陈的感觉的。据说土豪一词的再度流行是由美女律师伍淳雅在网络上发出的"土豪，我们做朋友吧"引爆的，而土豪金一词则是一款 iphone 手机最早"享用"的。这款手机因是金色的，价格就高出其他同款手机近一倍，这可能就是"土豪"的力量推动的。这可能仅仅是在我们中国才有的事吧？我武断地这么想。"土豪，我们做朋友吧"，当然只是一句调侃的话，但我们却似乎可以体味到一些无奈，一些不屑，一些贬损的味道。她笔下的土豪似乎是那些没有多少文化而一夜暴富的人，是那些没有创造而极端富有又善挥霍的富二代们。iphone 手机的土豪金色之所以流行，卖高价，正是适合了土豪们的虚荣吧？你看，仅仅一个颜色的变化就使价格陡升，还会受到追捧。我设想，买土豪金 iphone 手机的人大多数都是"土豪"吧？

　　还有一个和土豪金有关的事让人寻味。2013 年 10 月 26 日，广州恒大以 2:2 逼平韩国，在他们乘机返回白云机场的时候，十几位身着金色吊袋短裙的窈窕美女列队欢迎凯旋的勇士们。她们的脸上、胸上画着"土豪"字样的彩绘。这一形象被记者抓拍发到网上，并引红了"一起来做土豪吧"一词。美女、土豪的联动到底意味着什么？土豪美女与中国足球有联系吗？据说她们并不是真的来欢迎足球勇士们的，她们是为《土豪 OL》的手游做广告的，这就更使人"晕"了。土豪并不是褒义词，大概过去不是，现在不是，将来也不会是的。

2014 年 7 月 9 日

杂 谈

论土豪金之流行

　　昨天是刚刚写了土豪金是什么颜色的,今天又觉得没尽兴似的,于是便又要胡乱地写些什么。

　　自从有了网络以后,一些新词便找到了流行的速度、宽度和广度。但网络的能量再大,它也只是手段而已,没有可以流行的词,再花哨也是流行不起来的。但是,土豪金却流行起来了,大概一定是有它流行的充足的原因和理由的。

　　赵本山在他的小品《心病》中,有一段令人捧腹又令人沉思的话。这段对话是这样的:

　　高秀敏:大夫,你别管几个病,你要是能把他的病治好了,我多给你钱。

　　赵本山:哎呀妈呀,别提钱,怎么提什么钱,这么俗呢,啊!张嘴钱闭嘴钱,为人民服务,救死扶伤都给谁说的?!

　　赵本山:能给多少钱?(接得很快,形成幽默,引起哄然大笑。)

　　本山的语言风格的确是很幽默的,但这段话所道出的社会现实,足以让我们捧腹大笑之后而沉默无语。

　　我们是要摆脱贫困的,是要创造财富的,是要拥有自己的金钱的。但是,如果真的到了不给钱不办事的程度,那么我们的民族便披上了金钱的外衣，土豪金色便可以流行了，只是民族的希望不知从何谈起了。

　　我是比较保守的，一向是对男士戴戒指看不顺眼的，如果是一名领导干部手上也戴着金光闪闪的戒指，便会在我这里降分的。我曾经在组织部门从事过多年的干部管理工作，大概有的人会因此而蒙受"不白之冤"，我是应该为此内疚的吧？

　　中国的黄金首饰市场是极其繁荣的，几乎所有大商场的一楼黄金位置，都是卖金银首饰的，而且顾客很多。于是便有人脖子上挂着筷子粗的金项链、四个指头甚至八个指头上都套着硕大的戒指，其中大概一定是有新时代暴富的土豪的，有些小青年戴的还不一定是真的。

　　总之，你身上的项链、戒指是真的也好，假的也好，你能做出如此的装扮来，唯一的理由就是虚荣。据说人民日报社大楼把土豪金当成底色，外面又要涂成别的什么色的。我没再探究，因为人们的热议已经说明了问题。我觉得时下是有一种虚荣心的群体性症候的，而且是对于财富金钱的虚荣心。

　　人是可以有点虚荣心的，有时虚荣心可以和上进心伴生。但是在金钱方面的虚荣心我觉得是没有任何好处的，它是可以扭曲人性的，严重了是会使人误入歧途的。

　　其实，炫富也是土豪们的一大特征。山西有个煤老板嫁女，陪嫁七千万，老板现今已经摊上案子了。某地一位农民（当然是暴富的农民）娶亲，定礼要用十几只箩筐挑整捆的人民币。他们身上虽然没有披上土豪金色的外衣，但他们的脸色却是土豪金色的。

　　炫富的不仅有暴富的没有多少文化的老板们，就是那些有点文化的大老板们似乎也有炫富的爱好，购买私人飞机，用十几吨的人民币做论坛的背景墙等等，不一而足。他们可能不应该和"土豪"这个词搭边的，但却难以在流行土豪金的时代里独善其身，"混入"土豪的底色中去了。

　　虚荣也好，炫富也好，总之是脱不了一个俗字的，所以土豪金就是一个俗气的色彩。

杂 谈

我用了暴富来形容当代的"土豪"们,因为现在的土豪与过去的土豪是有些区别的。现在的土豪们不知道是用了什么方法,几年之间就大发而特发了。于是,来得容易的钱,花的也就容易了,一掷千金成了他们的消费特点,一顿饭可以花几十万,一只大闸蟹也可以卖上万元。中国已经成为世界奢侈品最大的市场了,有些富豪几万、几十万的名表可以拥有几块,几万、十几万的名包也可以拥有几个,让老牌的资本主义国家都汗颜,惊呼,中国人太有钱了。

是的,中国是发展了、富裕了,但人均收入仍然在中等偏下的水平,更何况贫富差距很大呢。所以,不差钱的是那些富有的少数人。他们的"金色"行为与中国人均收入水平是不相称的,与贫困和低收入人群也是格格不入的。所以,在他们的"金色"之前加一个定语"土豪"也就不足为怪了。

2014 年 7 月 10 日

蒲公英

从民工回家过年想到的

又是一年过春节,几多欢喜几多愁。

春节快到了,浩浩荡荡的返乡和探亲人流搅得陆海空交通一片混乱。昨天网上传出了一组照片,充分反映了铁路旅客的艰辛疲惫,看了让人心酸。

我小时候曾随父母回山东老家过年,当时的铁路交通还不够发达,仅回家探亲的一股人流就把火车站和车厢挤得一塌糊涂了。当时有这么一个说法,叫"要出走三、六、九,要回家二、五、八",又使这几天的人流翻了一倍。我记得从老家回来的时候,我们是在火车站等了一整天的时间,火车站的工作人员用喇叭告诫大家不要信"要出走三、六、九,要回家二、五、八"的话。列车来了,等了一天的旅客一窝蜂拥到列车旁,没人排队,也无法排队,就是一个字,"挤"。我记得我是被父亲从人头上拽进车厢里的,车厢里也挤得水泄不通,焦急、无奈、艰辛和疲惫是刻骨铭心的。所以,我是特别同情现在春运期间的旅客,他们真的是好可怜啊!但是,我觉得那时的回家是一种期盼,是一种寄托,总有一种精神力量能够战胜那份艰辛,那份疲惫的。然而,当前过年时返乡的民工潮却包含许多的无奈,使得他们更加可怜了。他们抛家舍业,到一个人生地不熟的地方去打拼,赚到一点养家糊口的钱,还要把一部分交给铁路、公路,去和家人团聚几天,然后又如此这般地"潮"回去继续打工赚钱，养家糊口。他们真的是可怜啊！

中国的经济是发展了，而且是大大地发展了，成为世界第二大经济体了。但是，这个发展确实是使许多人"背井离乡"了，生活上有了保障，但却更加艰辛，更加可怜了。

为什么有如此多的人外出打工？根本的原因就是区域发展不平衡。沿海发达地区率先发展起来，需要大量的产业工人，一大批欠发达地区的农民外出务工，支撑了发达地区的快速发展。但是，那些欠发达地区劳动力的流出，又进一步降低了他们的发展能力。过年前后的民工潮就是一个例证。如果国家能有计划支持落后区域发展劳动密集型产业，不仅可以缩小区域差别，加快落后地区的发展，也能使他们安居乐业，不至于"背井离乡"了。

问题的根本大概还是发展为了什么的问题。在我们不少领导者的心中，发展大概就是"政绩"。在我们不少企业家的心中，发展大概就是财富。共同发展、共同富裕还没有上升为社会共识，所以便有了区域 GDP 排名和个人财富排名的"魅力"和狂热。

我们现在所存在的发展不平衡，实际上都是政策和理念导致的。发达地区对欠发达地区、富人对穷人实际上是存在着"剥削"问题的。发达地区大量地使用欠发达地区的廉价劳动力，富人们（老板）尽可能地压低职工的工资和福利，这就加剧了发展和财富的不均衡性。

中央已经开始着手解决分配不公的问题，也正在推进区域均衡发展，相信再过十年、二十年，"春运"时的民工潮不会再出现。

2013 年 1 月 31 日

蒲 公 英

返璞归真

时下社会上有太多不切实际的诱惑,使得一些缺乏定力的人产生了许多不切实际的目标和追求。由于是不切实际的目标和追求,所以就很难实现,实现不了就怨天尤人,满腹牢骚;即使实现了,大概也是使用了一些不正当的方法和手段,目标和追求可能是实现了,但却扭曲了他们的世界观、人生观、价值观。

公务员实际上只是一般的公职人员,但时下人们的确是把公务员这一职业看得太好了,似乎有权、有势、有财,于是造就了难于高考的"国考",几十个人、几百个人、甚至几千个人去竞争一个岗位,那种竞争是何等的"惨烈"啊!

公务员这一职业是不应该有如此大的诱惑力的。论权力,那是有限的,是要制衡的;论薪酬,一个处长正常收入大概不会比卖茶蛋的多;也就是有那么一点工资之外的福利,那也是分层次、分部门的,那些基层的、无实权的单位,工资之外的福利也是微乎其微的。

但是,现实的公务员职位确实有着不切实际的诱惑力,其原因大概是和不正之风紧密相连的,反了不正之风,公务员职位的诱惑力便会大打折扣,大概也会使"国考"降降温的。

党的十八大以来,中央在反"四风"上下了狠茬子,动了真格的,于是

杂 谈

公务员的不少诱惑力渐渐地消失了,公款吃喝不行了,公车超标不行了,公车私用不行了,滥发钱物也不行了,等等。于是便有不少人感受到生活水平下降了,生活不方便了。其实,这可能只是一种感觉,情况本来就应该是这个样子的,如果我们一开始就是如此这般地工作生活着,一切的感觉都应该是良好的。我是喜欢那种真实的感受的,来得自然,来得稳定,来得安全。

当今社会上总是出现这样那样的"热",实际上是过热,不正常的热。这不正常的热的背后一定是脱离了本真的,是人为地加上去许多不切实际的诱惑的,误导人们去做出许多的错误的事情来。我们应该促使社会保持一些理性,使人们有些自己的纯真的坚守,否则会有不少人在一波一波的过热中被不断地灼伤,社会也会变得伤痕累累,不堪重负。我们应该创造一个平和真实的社会,我们要做一个理性、现实的人,这个过程也可以称作返璞归真吧?!

2014 年 6 月 17 日

蒲 公 英

"红豆局长"说明了什么

"红豆局长"被免职了,大快人心。但是,红豆局长现象是值得我们深思和反思的,特别是当前环境污染问题越来越严重的现象,是值得我们深思和反思的。

我们可以详细分析一下企业污染问题。每一个企业的污染问题都是企业的自主行为,也可以说是明知故犯的。那么,当地的环保部门是否知情呢?事实上肯定是知情的,因为环境的污染问题基本都是显而易见的。环保部门如果知情了,它去没去管呢?起初大概是会去管的,后来便慢慢地不管了,放任自流了。为什么不再去管了?原因无非有两条,要么有比他大的官说了话,要企业发展,要企业的 GDP 和税收,要求放企业一马;要么是有些人被企业"收买"了,做了"瞎子"和"聋子"。

有些企业在项目立项的时候,环评工作就开始打了马虎眼,有很多项目的环评工作,都是通过政府主导的"做工作"才得以通过的。而那些能让不符合条件的项目通过环评这一关的干部,是被认为是有能力的干部的,是经济发展的"有功之臣"的。即使因此受到上级的查处并受到处分,也是不以为耻,反以为荣的。有的可能在这个岗位上免了职,又到更重要的岗位当官去了。

所以,我们可以得出这样一个结论,我们是有着"红豆局长"生长的土壤的。我们的主要矛盾是发展慢,我们的中心任务是加快发展,其他的就是次要矛盾和次要任务了。所以"红豆局长"面对污染是有点不以为然的,他是觉得自己对地方经济发展做过"贡献"的。

"红豆局长"的雷人语言说明他本人的文化素质不高,但是我们的思路、我们的制度曾经容忍或者鼓励他在位那么多年,我们是应该检讨并加以改正的。

像红豆汤一样颜色的水确实是有毒的,不仅已经毒死了一大批鸡,而且检测结果也证明其有害物质含量超标70多倍。事实上,化工厂的废水都是有毒的,不经处理就排放到自然环境之中肯定会污染环境,这是最起码的常识。企业的明知故犯当然是在追求企业利益最大化,但由此给自然环境乃至人类带来的损害和损失将是巨大的,可能是企业污染物处理成本的几倍、几十倍、几百倍。

为了掩盖直接排放污水的行为,更有些企业采取地下排放的方式排放污水,造成地下水污染,而且这种污染是很难治理的,也是需要相当长的时间才能自然修复的。据说法国依云矿泉水生产地区方圆200公里都是保护区,其目的就是怕地面污染转化成地下水污染,而这种地下水的污染的结果将是十分严重的,是需要相当长的时间才能得到修复的。

事实上,我们的食物已经大部分被污染了,只是我们老百姓并不知情。即使老百姓知情了,他们又能怎么办?总不能"扎脖",渴死饿死吧!

我在一本杂志上看到一段很有哲理的话,大意是人们为了利益伤害身体,再用很多的钱去恢复健康。我们很多企业的做法是可以形容为"为了企业的利益而去伤害他人的健康,让他人用很多的钱去恢复健康"的。现在人的生病率很高,城里的大医院都是人满为患的,医疗也成了大产业了,这恐怕是与环境污染直接相关的。不过,这些随意排污污染环境的企业的人,也是生存在同一个大环境中的,也同样受着自己和其他那些随便排污污染环境的企业共同破坏了的环境的伤害的,也要用很多的钱去恢复健康的,有些健康大概用钱也是恢复不了的。所以,那些随意排污的人

蒲 公 英

们是应该反思的,你随意排污破坏环境,伤害人类,你也一定在承受着别的企业排污的伤害的。要想自己不受伤害,只有大家共同遵守保护环境的规定,共同创造一个良好的生态环境。不要有侥幸心理,不要有"无赖心态",在大环境中没有例外,除非你与世隔绝。

世界上很多事情都是这样的,对别人负责,也是在对自己负责;对别人不负责,也是在对自己不负责,环境保护更是如此。我们不能简单地看待"红豆局长"现象,而应该从大处去思考问题,下决心做好环保工作,还人民一个良好的生态环境。

经济发展可以慢一些,但环境必须好一些。

2013 年 4 月 14 日

杂 谈

你真的需要这么多钱吗？

偶然在电视访谈节目中听到蒋雯丽说了一段颇有哲理的话，使我对她刮目相看了，不是在演员角色上，而是在智者的角色上。蒋雯丽在演艺界是一名非常成功的演员。当下大凡成功的演员都有两大特点，一是非常的"很忙"，二是非常的有钱。蒋雯丽在节目中所表露出来的思想是"我们这么很忙地去赚钱，失去了很多，回过头看，我们真的需要这么多钱吗？"这个问题问得好！我们每个人实际上都面对着这样一个问题，就是我追求的到底是什么？

我们是穷过的，穷得吃不饱，穿不暖。改革开放了，社会给人们很多赚钱的机会，于是急于从贫穷中走出来的人们千方百计、千难万险、千辛万苦地去赚钱，够吃够喝了，不行！有房、有汽车了，不行！存款已经很多了，还是不行！钱、钱、钱！赚、赚、赚！人的生命价值似乎就是两个字，赚钱。

人的一生不能没有钱，缺钱的生活是痛苦的。但是，一个有价值、有品位和有意义的人生，毕竟不是简单的赚钱和花钱的人生。从一般意义上讲，人的真正快乐并不是与金钱的多少成正比的，甚至对很多人来讲根本就没有关系。从特殊意义上讲，那些青史留名，不管是留芳的，还是遗臭的，除了富豪排行榜上的富豪之外，大都不是赚钱的高手，也不是富翁。

蒲 公 英

　　人的一生真正需要花的钱,不管是简单,还是奢侈的生活,总是要有一个上限的,多余的钱对自己来说,除了象征意义是没有其他的用途了。而我们很多人却为了这实际已经没有用途的数字"价值",不知疲倦地奔忙。

　　如果仅仅是不知疲倦地奔忙,大概也是没有什么可指责的,因为赚钱的过程也是创造的过程,对社会可以增加财富,对自己可以增加成就感和自豪感。但是,可怕的是有些人为了这对自己已经没有实际价值的金钱而弄虚作假,坑蒙拐骗,违法违纪,这就是利令智昏了。

　　可悲的是现在这种利令智昏的人是大有人在的,甚至是很多正常的人也有这样的冲动的,只是自我约束能力强而未陷入泥潭而已。这种社会现象是值得我们深思的,也是值得我们反思的。

　　记得我小的时候,包括我参加工作以后,家里都是比较困难的,生活不富裕,有时还显得有些拮据,而且整个社会也是那样一个贫困的状态。但是人们似乎并没有对金钱表现出一种贪婪的态度,也很少有人在金钱上利令智昏,相反却是相对平和的。有人可能认为这是缺乏进取精神吧?我觉得并不尽然,那是有社会道德教育的功劳的,是良好的社会风气使然的。同时,也可以说当时的人们并没有成为金钱的奴隶,还有自我,有着金钱以外的许多追求。

　　人是应该树立正确的金钱观的,经常地问问自己,你真的需要那么多钱吗?如果放弃对那些没有必要的金钱的追求和欲望,人生会很轻松,很平和,很丰富,很精彩,也会很安全。

2014 年 1 月 27 日

杂 谈

权力需要制约

按照党中央的部署,一场以反腐倡廉为主要内容的警示教育在全党迅速展开。从观看影片《生死抉择》到观看成克杰、胡长清等犯罪警示录,从阅读有关文章、观看有关节目到座谈讨论,一件件触目惊心的犯罪事实,一篇篇深刻的剖析文章,都使我受到了一次深刻的党性党风党纪教育,增强了自身拒腐防变的意识和能力。

开展警示教育是提高领导干部拒腐防变能力的一项有效措施,目前看也已经取得了比较明显的效果。但是我们切不可以把这种措施的作用和效果扩大化。我们党始终高度重视反腐败,并提到了关系党的生死存亡的高度,一次次地搞宣传教育,但还是有一批批腐败者受到党纪国法的惩处。惩治腐败、反腐倡廉一再取得阶段性成果,但党风问题仍然令人忧心忡忡,领导干部腐败问题仍然比较普遍,涉及的金额也在扩大。这种现象不能不令我们深思。

领导干部腐败问题与领导干部手中的权力相联系,是权权、权钱、权物和权色交易的直接结果。权力越大越容易产生腐败问题。只有保证领导干部按照党和国家规定的原则行使权力,才能克服因滥用权力而产生的腐败问题。而要保证领导干部按照党和国家规定的原则行使权力,就必须提高领导干部的素质,并建立对领导干部权力的制约机制。

蒲公英

　　我们已经采取了一系列措施加强对领导干部的党风、党纪、党性教育，以图提高领导干部的素质，保证领导干部正确行使手中的权力。但实事求是地讲效果并不十分理想，其根本的原因是这种教育的正面引导作用还不能完全抵消社会不正之风的负面影响。一方面，人们追求物质利益和享乐富裕生活的主观意识越来越强，艰苦奋斗、简朴生活似乎已经落伍，高档消费、奢侈生活已经成为一些人追求的目标；另一方面，在计划经济向市场经济过渡的过程中，价值交换原则在一定程度上转化成一些领导干部履行公务的原则，一些人已经自觉不自觉地接受了只有送礼才能办成事的现实。我们更应该加强思想教育，如果没有思想教育工作的积极成果，腐败问题毫无疑问将更加严重。

　　强化监督是我们解决腐败问题的另一重要措施，也取得了明显的效果，但同样不够理想。其原因一是监督的措施不够得力，党内监督很难开展，群众监督缺乏渠道，舆论监督刚刚开始；二是对权力的监督带有明显的滞后性，监督权力与行使权力不能同步进行，发现问题已经为时过晚；三是对权力的监督不全面，许多权力都是在监督之外运行的；四是对权力的监督带有明显的局限性，因为行使权力者对监督者有反作用，甚至监督的方式不当。

　　依据党纪国法惩处腐败分子是加强廉政建设十分重要的措施，它不仅使腐败者受到处理和教育，而且使广大干部群众受到教育和警示。随着惩治腐败分子力度的加大，这种作用也会越来越显著。依据党纪国法惩治腐败可以起到抑制腐败问题漫延的作用，但不是根治腐败问题最根本的措施。一方面是侥幸心理可以使腐败者我行我素，因为受到惩处的毕竟是少数腐败分子；另一方面是失之于宽、失之于软的惩处措施不能使腐败者受到应有的制裁，从腐败中得到的实惠可能远比惩处蒙受的损失大得多。特别是受不正之风的干扰，查办腐败案件也显得困难重重。

　　综上所述，思想教育、加强监督、惩治腐败都是反腐倡廉的有效措施，但都不是根本的措施。根本的措施是对领导干部权力的制约，制衡领导干部行使权力的行为,以保证领导干部能够按照党和国家规定的法律制度和原则行使权力。一是取消绝对权力,实行多重决策和分步决策制度;二是坚持科学的决策程序,保证决策的科学性和合理性;三是坚持办事公开化制度,只有公开才能消除暗箱操作的问题。这三点对领导干部权力的制约,为领导干部正确行使权力起到了规范性的作用,能够从根本上消除了领导干部用权不当的可能性,从而能最大限度地消除因滥用权力而产生的腐败现象。

2006 年 12 月 5 日

蒲 公 英

文化传承是起码的责任

今年的春节是在反"四风"的高压态势之下过的,过出了许多新气象,也过出了许多新希望。总的感觉就是送礼的少了,下级的压力小了,官员的风险小了,大家的生活好了,党的形象好了,社会风气好了,党和国家有希望了。在这方面是有许多可圈可点的地方的,也是值得我们长期坚持下去的。比如节俭办晚会,节俭搞活动,节俭放焰火,等等。但是,节俭并不等于不搞晚会,不搞活动,不放焰火……如果这些花点钱的民俗都反掉了,这春节还能过得有价值和意义吗?如果中国人不过春节了,或者说把春节过得没有文化内涵了,那还是中国的传统节日吗?

今年的春节,似乎是有些冷清了,除了已经减少了很多的爆竹声,似乎是找不到多少春节的感觉了。噢,还有一条没有"反掉",每一家都是换了对联和福字的,一是因为这个传统太根深蒂固了,二是因为这个传统太经济了,是够不上奢侈的。

我是当过好多年宣传部长的,到了春节的时候便把营造节日文化氛围当作头等大事来做。我回想了一下,大约每年花的钱也就是四五十万左右,有些还是向企业"化缘"的。就是这四五十万元钱,一城的老百姓是可以看雪雕,看彩灯,观焰火,是可以看自己的春晚,还可以看东北大秧歌比赛的。

单说正月十五的焰火吧,十万元钱,有几万人观看,还有不知数量的俄罗斯朋友"免费"观看,营造了两岸同观一江焰火的"奇观"。平均每人一两元钱看一场焰火实在是算不上奢侈的。

节日是一个国家或民族在漫长的历史过程中形成和发展的民族历史文化。文化是节日的生命,节日是民族文化的源泉。民间习俗和传统文化是先人的创造和遗产,后人是需要继承的,这不仅是一种自然的进步过程,也是一种民间风俗和民族习惯,有深刻的寓意。

节日的习俗、节日的文化是具有普遍性的历史文化现象。世界各地、各国都有。我们在电视上看过美国的花车大游行,那是很奢华的。我们也在电视上看过西班牙"番茄节"大战,那也是十分"浪费"的。但是,这些活动并没有因为奢华和"浪费"而停止,反而是极有影响并不断发展的。所以说,从某种意义上说,文化传承的成本是不能用奢侈和浪费来评说的,它只与文化自身的需求相关,只与文化自身的生命力有关。再贫困的家庭过年也会换上一副新对联,杨白劳也给喜儿买了二尺红头绳,这是文化的魅力,也是民俗的生命所在。

今天是春节后第一天上班,办公室送来一沓报纸。《光明日报》2014年2月2日的头版头条是《过年过出文化味》。仔细阅读知道北京市春节期间推出62道文化大餐,包括灯会、庙会、花会等,成都市有3000多场"民俗闹春",海口的"主题活动天天有精彩"。看了以后,我真的是发自内心的高兴。看来我是杞人忧天了。但愿我是杞人忧天,因为节庆民俗体现了一个民族的历史记忆和文化基因,血浓于水,源远流长。在民族文化传承和发展方面,我们是应该增加自觉性的,特别是那些后开发的地区,因为民俗的、传统的文化更需要保护,更加需要我们增强责任感和使命感,增加保护传统民俗文化的自觉性和责任担当,使民族优秀传统文化得以保存、传承和发扬光大。

2014年2月7日

蒲 公 英

留 住 历 史

  我在黑河工作的时候,有一次和北安农垦分局的领导一起吃饭,借着酒劲,我向家乡的"父母官"提了两个要求,别拆文化宫,复建"西大门"。家乡的领导当场答应,并戏称"落实指示不过夜",下午就去赵光农场安排。

  过了几天,赵光农场的领导给我打电话,说管局的领导转达了我的建议,表示赞同我的意见,文化宫不拆了,西大门择机择地复建。我真的很感动家乡领导的真诚和认真,我的一句话竟使他们真的当回事在办。

  仔细地想一想,其实可能不是我说话有分量,而是我说的这两件事对赵光农场来说是极有意义和价值的。留住了文化宫、恢复了西大门就等于留住了赵光的一些历史。如果把文化宫再拆了,西大门也不恢复了,恐怕我们就找不到几十年前赵光的感觉了。我觉得这似乎也是挺可怕的一个结果呢。

  我们正在进行着一场声势浩大的城市化运动。尽管没有人正式提出这样一个说法,但事实上就是如此。不管是大城市、中等城市、还是小城市,抑或是农村乡镇,哪里不是塔吊林立呢?

  在这场声势浩大的城市化运动中,一定是大破大立的。破就是拆,立就是建,吊车立起来的地方大概一定是倒下了一批老的建筑的。那些棚户区的老建筑是应该倒下的,但是有一些具有历史文物价值的老建筑是不应该倒下的,留下它,就等于留住了历史;留住了历史,就等于记住了历史。不是有人说"忘记历史就等于背叛"吗?那么,留住历史就等于忠诚,忠诚于我们生活其中的这片土地和这座城市。

如此说可能显得言重了一点,但我觉得只有说得重一点才能引起人们的重视,才能使那些握有对有历史文化价值的建筑物生杀大权的领导们慎重一点,下手轻一点、决策理智一点,为我们的后代留住历史。

我并不反对加快城市化进程,而且也希望加快城市建设步伐,只是希望在拆迁改造和新城建设中能够留住历史。留住历史实际上也是留住城市的文化品格,文化脉络。只有有文化魅力的城市,才是有吸引力和生命力的城市。

我在黑河工作期间,正是新农村建设起步阶段,各地都在搞新农村、新城镇建设规划。但是,大多数规划都是城市规划的翻版,毫无特色和吸引力,唯独龙镇的建设规划受到大家的好评。原因也是很简单的,就是它保留并开发历史上曾经有过的"八卦街",仅此而已。

实际上,每当我们走进一个城市,或者走进一个城镇,新建筑只能给我们耳目一新的新鲜感,而我们最希望看到的却是那些有文化,有历史的老建筑。

假如我们的城市里有一些值得保留的建筑,即使当下没有派上什么用场,我觉得也应该保留下来,并把这个城市里值得纪念的事情或历史文化摆进去,使建筑和文化、建筑和历史结合起来,不仅发挥了老建筑的作用,而且也会为城市增添文化品位和历史印迹。

留住有历史的老建筑,是我们的责任,要敢于担当。

2012 年 9 月 19 日

蒲 公 英

闲话政绩观

在这次群众路线教育实践活动中,树立正确的政绩观被确定为一个重要的工作目标,也把过去普遍存在的、被大家诟病的、不正确的政绩观推到了"审判台"上,接受审视和批判。把政绩工程、面子工程,追求高指标、假数字等等,作为错误的政绩观的表现,这无疑是正确的。但是,这似乎并没有厘清本质问题,我觉得要树立正确的政绩观,首先是要明确其本质要求是什么。我以为,正确的政绩观应该包含以下几个主要方面的本质要求。

首先是政绩的目的性。这一点是最核心的,就是我们为谁,为什么创造政绩。你是为了民众,还是为了自己?是为了大局,还是为了小团体?是为了虚荣,还是为了实绩?等等。我们所见到的政绩观出了问题,往往是这方面出了问题。

有一些政绩明眼人一看便知道是政绩观不正确的产物。比如锦上添花的民生项目、秋整地的"路边工程"等等,这都是做给上面看的,不仅对老百姓而言无实利,对发展而言也无意义,只能迎合上级的口味,换来上级的赏识。有些政绩冷眼看不出来有什么问题,但实际上也存在着问题。比如招商引资的问题就很多,不顾环境、不求就业数量、不求产业前景,只求一个投资额度,一锤子买卖,表面是在发展经济,实际上是在追求有利于仕途的所谓政绩,有很大的片面性。还有一个极端的例子,就是引进数字指标,用"优惠"政策吸引外地企业到本地来纳税,然后再把一大部分税收返给人家,自己就落一个财政增长数字,蛋糕看上去不小,一大块必须先分给别人。

其次是政绩的方向性。这一点也是十分重要的。政绩不仅有大小,而且有方向,用一个科学的概念,政绩应该是矢量,是有方向的数量,这也是判断有效政绩的方法。简单地说,正确、有效的政绩应该是符合科学发展方向的,与这个方向有偏差,你所做的工作就要打折扣,超过一定的限度,事物就走向了反面,成了有害的了。因此,我们无论做什么事情,都要看看方向对不对头,稍微有一点偏差,大方向对的还可以去做,偏差太大了就必须考虑做还是不做了,方向错了就坚决不能去做。所以,我们讲要从实际出发,目的就是要保证政绩的方向性不出问题。我们有些工作兴师动众、劳民伤财,最终老百姓得不到一点实惠,甚至给子孙后代还留下一笔"大债"要还。这些问题在现实中是不缺乏实证的,应该引起我们的警醒啊!

第三是政绩的"显潜"性。我一时没找到一个合适的词汇来,就直白地把显绩和潜绩写出来。我们发展的目的是对的,方向也没错,但有些工作眼下是看不到效果的,是建筑的基础,都在地面的下面。这样的工作你去不去做?去做了,对你的仕途可能没什么帮助。不去做,我觉得政绩观就出了问题了。但是,现在只重显绩,不重潜绩的现象是十分普遍的。现在也讲为官一任造福一方,但大多数干部做不到为官一任,三两年就换地方了,只能做点大家看得见的事,攒点看得着的政绩,好往上走,往好的地方走。如果到了一个地方就只管做一些基础性的,长远才能见效的工作,组织和群众都看不到眼前的变化,大概就只能认定你是无能的了。所以说,干部不注重做基础性工作,与我们的干部管理工作有关,不仅仅是干部自己的素质问题。

最不想说的还有一个,就是政绩的真实性问题。这就涉及弄虚作假的问题,也可以算是道德品质的问题了。近些年来,假的数字和假指标有时甚至是当作政绩来看的。比如前面所说的引进指标问题,更严重一点的是购买指标,几分钱买一美元的进出口指标,花几百万买几个亿美元的进出口指标,交上去就完成了任务。还有更严重的,往上报数字完全凭感觉,上面怎么希望的,横向怎么做的,综合地一想指标就定出来了,和实际几乎就没什么关系了。据说有的地方,一个项目本来投资3000万,报上去县里认为小了,回来在后面加一个0,变成3个亿了,再报上去就受到表扬了。如此这般,如何是"好"啊!

现在是干部考核的指挥棒引导着政绩观,把"业绩"当作垫脚石,堆一堆"业绩",不管怎样的"业绩",用来把自己垫到更高的位置上去。所以,政绩观的形成与干部制度、用人之风是有因果关系的,所谓上有好者,下必甚焉!

当然,也不能否定干部自身素质的作用。如果一个干部有头脑、有定力,不图虚名、不求仕途上的高官厚禄,是可以树立并坚守正确的政绩观的。

2014年4月4日

杂 谈

需求需要刺激培育吗？

当前经济发展放缓的一个重要原因是需求不足,于是便有了为了促进发展而刺激需求和培育需求的举措。但是我们应该如何理解和认识发展与需求的关系呢？那种由刺激和培育的需求支撑的发展真的有必要吗？

需求是人类生存的自然反映,具有一定的稳定性和连续性,既与经济发展水平相关,又与人类的消费习惯相关,也可以说与社会文化氛围相关。人们的消费需求是与自己的经济状况相关的,如果没有财富的突变,便不可能出现消费需求的突变。

需求应该是人类生存的内在需要。人的需求也受外在因素的影响,但这种影响应该是一个认知的过程,它可能产生积极的作用形成正确的消费观,也可能产生消极的作用形成错误的消费观,而正确的消费观念的形成往往都是一个渐进的过程。

人们消费需求的实现水平决定人们生活水平的感知程度,满足从来就是一个相对的概念。消费水平的高低与消费需求的实现水平是两个不同的概念,消费水平高不等于消费需求实现水平就高。反之,消费水平低也不等于消费需求实现水平就低。我的消费需求是100,实现50就意味着只满足了50%。而如果我的消费需求是50,实现50则意味着满足了100%。

人类的消费水平是不可能无限扩大的,因为地球的资源是有限的,人们的生产能力也是有限的。人类的消费水平也不应该过高速度地增长,因为过高的增长速度不仅会引发经济的失衡,也会引发自然环境的失衡。绝大多数经济活动都是以破坏自然环境为代价的,当破坏的速度超过自然界自我修复能力的时候,灾难就难免了。

经济发展的目的应该是提高人们现实的消费水平的,但是为了经济发展而刺激需求的做法却是不可取的,因为刺激的需求过于外向化,尽管会提高人们某些方面的消费水平,但这种增加和提高大部分可能并不是人们原本就需要的,是额外的,这就难免会产生浪费或隐性浪费的问题。家电下乡的以旧换新实际上是提前淘汰了仍然可以使用的商品,无疑是一种浪费。

从另一个方面讲,刺激消费也意味着"强迫"人们消费,尽管是刺激你自己做出决定,但这个决定却是被刺激的,如果不被刺激,这个消费也可能不会进行,即使这样的消费不归入浪费,实际上也是可以归入可有可无的。因此,我认为刺激消费是不符合中华民族勤俭节约的传统美德的。

我们再来看培育消费市场问题。为了发展经济而培育消费习惯和消费市场,其根本目的是满足经济活动组织者和实施者的政治目的和盈利目的,尽管这个目的可能与消费者的潜在需求是一致的,但却可能是过早地被开发出来,形成人们消费结构畸形,从而引发经济结构的畸形。中国旅游市场的培育和开发或许就存在这样的问题。

市场是由需求构成的,发展本身应该是以市场为导向的,也就是以需求为导向的,刺激也好,培育也好,其实都不是为了市场,不是为了需求,而是为了发展,为了盈利。作为政府而言,我是觉得不应该去刺激和培育需求的,政府应该做的就是引导企业去不断地满足人们正当的和适当的需求,去满足市场的需求,而不是去创造需求。

2013 年 12 月 18 日

蒲 公 英

也说"面子"

  我是从黑河直接乘飞机到北京开会的,觉得会有不少闲余时间,便从书架上找了一本《鲁迅散文》带上。鲁迅先生的散文是有思想性的,有战斗力的,语言便显得尖刻一些,总有点咄咄逼人的味道,但论理却是极有说服力的。

  鲁迅先生的这本散文集里有一篇《说面子》,觉得题目很有现实意义。鲁迅的"说面子",实际是批评要面子人的,通篇的面子都是加了引号的,而且是与"丢脸""不要脸"等相提并论的,这大概是鲁迅先生那个时代的社会反映,在这里就不必多说了。

  我觉得当今社会还是可以讲究点面子的,因为人们大都不缺吃少穿了,是足可以体面地活着的,是可以不做"丢脸"的事,不做"不要脸"的事就可以活得很体面的。所以,我们大可不必再去偷、去抢的,只要好好地诚实地劳动,都可以活得体体面面的。

  近几年,我们党提出了一个响亮的口号,"让人民群众生活得更加有尊严",如果把它翻译成老百姓的话,也可以说是让人民群众生活得更加有面子。这个更有尊严,或者说是更有面子,我理解主要包括两点,一是生活水平更高更好一些,二是社会更公平更公正一些。前者是物质生活层面的一种满足,后者是精神生活层面的一种满足。为此,国家就出台了最低生活保障制度,并不断提高标准;国家就大力倡导并推动行政公平、司法公正。这就是党和政府要让人民生活得有尊严,亦是更有面子。

我们党也一直在强调各级领导干部要树立良好的形象,本质上也是让各级领导干部生活得更有面子。当人民群众评价一位领导干部廉洁、检点、勤奋、亲民,这位领导干部便是很有面子的。我觉得我们各级领导干部的确是应该让自己有这样的面子的,别让人民群众背后"指脊梁骨",那样是"丢脸"的。

但是,不论是经济发展已经保证你可以体面地生活也好,还是党和政府承诺让人民群众生活得更有尊严也好,也包括党要求领导干部要树立良好形象也好,总是解决不了全部问题的,所以,没有"面子"的人还是很不少的。比如指使自己四五岁的孩子在景区去拦客要钱的母亲,比如被执法人员粗暴对待的群众,比如受贿、包二奶露馅的官员,等等,大概都是没面子的。那位母亲本可以有面子的,但自己硬是不要脸了;那些受到公职人员粗暴对待的群众是期望自己有面子的,是公职人员让他们没了面子。而那些犯了错误的官员们似乎应该很有面子的,只是自己弄"丢脸"了。

我觉得只要心态摆正了,不管你的境遇是什么样的,都是可以找到自己的面子的,人们觉得没面子的事,大都和心态有关。现在朋友之间谁请次客大概都不差钱,但要是非得去高档豪华饭店才觉得自己有面子的话,那是打肿脸充胖子,最终是会因"缺钱"而没面子的。本来是应该有面子的,只是因为虚荣而没了面子,这倒不至于算作是丢脸的。时下很多人虚荣心极强,原因就是奢华攀比之风,危害极大。面子虽然是自己的感觉,但却有时往往取决于别人的行为,所以叫"给面子"。你有什么事,大家给你方便,给你捧场,就叫给你面子了。能给面子的人大概都是有点实力的人,或有权,或有物,或有钱。面子成了有实力的人的赏赐之物,而且取之不尽用之不完,只要喜欢送,举手投足之劳,挤眉弄眼之姿即可。但是,这么容易的事,也有许多人不愿意去做,整天板着脸,好像别人欠他很多似的,说话用鼻子,看人用眉头。于是,人们对他"敬而远之"了,他给的"面子"没了市场,反倒是他自己会感到没了面子。

　　说是给面子,但是谁给谁的面子又有些说不准。过去,有时吃饭被请者是有面子的,是请客的人给了被请的人面子。现在,情况有时发生了变化,被请的人能出席,便是给了请客的人的"面子"了,包括年节送礼有时也是如此情况的。为什么有这种情况?大概只能用"不正之风"盛行才能解释了的。

　　面子也是有两面性的。为了追求所谓的面子失去自己的原则,失去自己的道德底线,会贻害终生的。所以,有些好面子的人,往往既是风光的,又是痛苦的。

2013 年 10 月 5 日

杂 谈

欲望的是是非非

人是不可能没有欲望的,欲望是人类进步的动力,没有欲望不仅会造就平庸,也会阻碍社会的进步。一个毫无欲望的民族,一定是萎靡不振的民族,这个社会也一定是毫无生机和活力的社会。

但是,人们的欲望是应该有节制的,人们的需求是应该理性的,应该是合理的。当人的欲望毫无节制,以至疯狂的时候,他的需求便是无止境的,是贪婪无耻的。看看那些巨贪们的表现,哪一个不是一副贪婪无耻的丑态。他们的财富实际上已不是生活所需,而是"欲望所需",是无节制的欲望所需,得到的是金钱数字上的价值,失去的是品德、人格,甚至是自由和生命。

少数人对欲望不够节制是一种社会现象,任何一个国家都会有利令智昏的人存在。但是,当社会上高度乃至疯狂追求物质利益和物质享受成为"时尚"的时候,就极有可能演变成一种民族灾难,这可是一种非常可怕的社会现象。

最近在读者杂志上看到一篇文章,其观点我是很赞同的。文章的题目是"到西藏去杀毒"。作者从西藏回来,印象深刻的不是布达拉宫、不是纳木错湖、不是珠穆朗玛峰,而是"藏族人大白天坐在草地上缓缓地吃着糌粑,是卖面的卓玛一边洗碗一边唱歌,是带着皱纹的微笑着的老妇人颤抖着手在佛前倒酥油。作者发现原来真有这样的活法,简单衣食之后,就不再蝇营狗苟,而是慢悠悠地转山,慢悠悠地放牧,慢悠悠地喝茶……"牧民脸上的灿烂笑容足以证明他们是满足的,而他们所得到的满足大概仅仅是"日食三餐",夜眠八尺的简单的标准,可以说是衣食无忧,居有定所便足以。

当然,我们不一定就此满足,我们是可以有更高一点的欲望的,"一日三餐有鱼虾","楼上楼下、电灯电话",过上更高水平的幸福生活。但是,我们不能把幸福生活的标准简单地与物质享受等同起来,幸福感是一种精神享受,物质享受的幸福感也是通过精神层面体现的。食多伤胃,"屋"多伤体。

人的欲望也不是一开始就很高的,当人们实现了原有的欲望的时候,便可能产生更进一步的欲望。过去过年吃一顿饺子,人们便想要一个月吃一顿饺子;实现了一个月能吃一顿饺子,便想着要一周吃一顿饺子。但是,你不能天天去吃饺子啊,于是就生出了新的欲望,要吃山珍野味、生猛海鲜了。假使这山珍海味、生猛海鲜也吃腻了,想吃"天鹅肉",那就很难办得到了。所以说,人的欲望是不能任其发展的,是要有节制的,别被无节制的欲望毁了自己。越是成功的人欲望就越强烈。你有100万的时候,你可能只是想拥有200万。但当你有1000万的时候,你的胃口可能就没边了,就多多"益善"了,因为仅仅就是数字享受了,就是越大越好了。

欲望是一种本能的反应,是一种对外部刺激的反应,这种外部刺激来得越强烈,欲望就越膨胀。外部刺激的强烈程度是由对比度引起的,像色彩一样,对比度大的色彩就显得更刺激一些。大家都喝粥和大家都吃肉,可能就降低了人们的欲望,而出现一部分人吃山珍野味、生猛海鲜了,于是,就都有了同样的欲望。

人们是可以到"西藏杀毒"的。欲望是可以控制的,管控好人们的普遍欲望是社会和谐发展的前提,管控好个人的欲望则是人生平安健康的前提。管控好社会的普遍欲望是要靠合理的发展、社会的公平和缩小贫富差距来实现的，而管控好个人的欲望应该是靠人们的道德修养来实现。

  我们社会上出现的许多丑恶现象都是欲望无止境的后果，这迫切需要我们深刻反思和警醒。别让经济这辆列车跑得太快，太快则生变；别让贫富差距拉得太大，太大则生乱；别让人们的道德修养降得太低，太低则生邪。我有一个奇怪的想法，就是中国就现在这么大一个蛋糕，大家都尽力去做好，然后分得相对均匀一些，人们就可以安居乐业，幸福安康。社会就可以和谐稳定，繁荣富强。

  经济学家认为，贫富差距是经济增长的动力，差距越大人们追求发展的动力越大。我们可以这样理解，在贫富差距大的时候，贫困的想富裕，富裕的想更富裕，大家都有增加财富的强烈欲望。而当贫富差距小时，这种强烈的比较刺激降低，大家都差不了多少，便相对平静了，不去"疯狂"地追求财富了。我觉得我们是应该追求缩小贫富差距的，哪怕牺牲点发展速度，也要让社会更和谐，更文明。

2013 年 4 月 11 日

蒲 公 英

帕累托和卡尔多改进

　　十八届三中全会开启了全面改革的新征程,改革又一次成为全民话题。实际上,自从十一届三中全会以来,改革便一直在进行之中,只不过是有时强调多一些,有时强调少一些。有时强调在这一方面改革,有时强调在那一方面改革而已。但是,这一次改革,可以说与以往任何时期的改革都有很大的区别,那就是强力推进全面改革,一个强力,一个全面,这将是本轮改革的最大特征。

　　如何把握住改革的基本要求,不使改革走弯路,不使改革的成本太高,这是当下许多领导者要考虑的首要问题。

　　我是学工的,尽管看过一些经济方面的书,也自觉对经济有点感悟能力,但经济理论知识的确是很缺乏的。为了理解改革问题,我利用电脑浏览了许多文章,收获不小。帕累托改进、卡尔多改进,这两个对我来说还比较陌生的名词,引起了我极大的兴致。于是我便做了一定的延伸阅读,并试图用这两个词来解释理解改革的基本要求。

　　帕累托改进是由意大利经济学家帕累托提出并以其名命名的经济学概念,基本内涵就是一项政策至少要有利于一个人,而同时不会对任何其他人造成损害。当社会上不能再进行帕累托改进了,即任何一个人有所改进都不得不伤害其他人的时候,这种状态就是帕累托最优。

卡尔多·希克斯改进是由匈牙利的卡尔多和希克斯提出并以其名命名的经济学概念，基本内涵是一项改革要使受益者所得足以补偿受损者的所失。卡尔多改进可以过渡成为帕累托改进，方法是由获益方向受损方支付超过或等于受损方的损失。

帕累托改进一般是难以实现的，而卡尔多改进又往往会造成社会的分配不公，因此，理想的社会改进方案应是卡尔多改进＋损失补偿，实现改良的帕累托改进，并通过一系列这样的改进达到帕累托最优。

因此，我们可以得出这样的一个结论，就是我们所进行的改革要在不损害任何一部分公民利益的同时提高效率和增加社会财富，而改革的路径应该是通过提高效率和增加社会财富实现改革的一级目标，同时通过企业和政府二次分配对因改革利益受损的人给予足够的补偿，实现社会公平。如果我们的改革能达到这样一个结果，那就是社会的进步，社会的优化。一个典型的例子就是国企改革，无论是承包、还是租赁，无论是出售、还是股份制，真正获得巨大利益的都是少数人，并使很大一部分职工利益受损且未得到相应的补偿。事实上，我们现在国企经营模式也是少数管理人员受益大，那些生产一线的工人们的收入也是很低的，与年薪几十万、几百万、上千万的管理者们形成了巨大的反差。

我们党对改革的目标是在不断调整不断完善的。从只强调效率到注意公平，到强调效率和公平并重。鉴于目前社会分配不公的状况和经济发展程度，我觉得改革的目标是应该再做一些调整的，那就是促进公平、保证效率，把公平放在前面，这大概不是经济问题，是政治问题，是政权问题。

我们需要的是一个公平的有效率的最优的社会。

2013 年 12 月 20 日

蒲 公 英

创新的方法

为了工作,也为了友谊,今天我出席了省科信局在黑河举办的2008年第一期TRIZ理论培训班,并代表市委、市政府致辞。说是为了工作,是因为主管领导不在家,作为"常务"副书记补补台也不是分外的事。说是为了友谊,是因为市科信局长原来和我在宣传部一个班子工作过,感情也很好,也算对他工作的支持。

我接触TRIZ理论完全是秦晓健的功劳。作为一个边城小市的科信局长,有能力、有魄力把自己作为全省的试点市,而且是一个全新工作的试点市,令我刮目相看。TRIZ理论的英文是Theory of Inventive Problem Solving,是由俄罗斯专家在总结了数以万计的发明成果创造过程之后总结出来的发明规律,为提高发明速度提供了理论思维方向和技术工具,具有很强的理论性、实践性和前沿性。

晓健同志对这一理论有着很深的悟性和很高的激情,不仅在短短的时间里成为全省乃至全国TRIZ理论的"知名"专家,而且投入了大量的精力推广TRIZ理论,成立了学会、研究站,编撰出版了普及读本,开发了应用软件,举办了培训班,等等,可以说已经取得了很大的成绩。黑龙江省的这项工作在全国走在了前面,黑河的这项工作又在全省走在了前面,也就是说黑河的这项工作在全国走在了前面,是值得庆贺的。

杂 谈

毛主席有一句名言叫"世上无难事,只要肯登攀"。科技发明对一般人来说不能不说是难事,而且是天大的难事。但是,就有那么一些人能够在技术发明上取得辉煌的成就。大科学家我们不去说,我们有很多科技人员,他们可以获得几项、几十项的科技发明专利。为什么?就是他们有一种肯钻研肯登攀的精神。晓健同志能在理论性很强的 TRIZ 理论上有所成就,也是肯登攀的结果。当然,仅有肯登攀的精神还不够,还要有登攀的知识和智慧,有登攀的技能和工具,TRIZ 理论就是培养我们在技术创新方面的知识和智慧,提供给我们登攀的技能和工具。技术创新有时就差一张没有捅破的窗户纸,TRIZ 理论给我们提供的恰恰是找到"窗户纸"的方法,剩下的就是不费吹灰之力的一"捅"了。

我粗略地看了一下 TRIZ 理论技术矛盾的四十种解决方法,大多数是比较好理解的,但如何转化成我们研究问题的一种自觉的思维方式方法,这仍然是一个比较难的问题。这不仅是一个理论学习的过程,更主要的是一个实践积累的过程。我相信有些小发明家不一定学过 TRIZ 理论,但他们却有几个、几十个发明专利,这是他们通过实践所积累起来的创新思维和创新技能支撑的。我也相信,假如他们能够掌握 TRIZ 理论,不仅可以加快他们的技术发明速度,也可以增加他们的技术发明数量。

开展 TRIZ 理论普及工作很重要,除了普及一般理论知识外,还要增加实践性。要把一些实际的经验收集到 TRIZ 理论的框架之中,让人们在间接的实践中去深化对创新方法的认识。要记住四十种方法可能只需要一天的时间,但要掌握和熟练运用四十种创新方法,可能需要了解几千件技术创新的实践,需要的时间就不能用天来计算了。

2008 年 5 月 26 日

蒲公英

讲课拾遗

　　前几天省委组织部要我去年给选调生讲课时的讲稿,大概是要筹备新的一年选调生的培训工作。由于是组织部门给的任务,也由于听课对象是三十年前的"我",我对那次讲课是极为重视的,事先看了许多材料,但终于没有写出一个能够超出我二十年前所写的两份材料,于是我便拿着那两份材料去给选调生们讲课,逻辑框架可能是"老一套",但内容则是比较新的,也即兴发挥出了一些似乎有一些哲理的话来。除了作为依据的两个旧材料之外,许多讲的内容都忘记了,但有几个自己比较满意的观点现在还有印象。既然现在还有印象,说明会有一点价值,趁现在尚有点记忆,还是把它们记录下来吧。
　　到基层锻炼是一个正确的选择。这既是一个正确的命题,也是对新选调生的一个鼓励。从干部成长规律而言,无疑是有基层、机关交错的双重经历的人更厚重、更成熟,因为基层和机关对干部的培养锻炼是不同的,而基层的锻炼对提高干部的群众工作能力、处理具体问题的能力更有利,能够积累丰富的领导工作经验。如果大学毕业就到基层去锻炼,这无疑算是抢占先机了的。古人云,宰相必起于州郡,猛将必发于卒伍,说的也是同样的道理。现在党和国家领导人之中,大部分都是在基层起步的,七大常委中,有四名是上山下乡的知识青年,不到二百名的中央委员中,据统计有六十多位上山下乡的知识青年。所以说,到基层锻炼是一个正确的选择。

正确的世界观、人生观、价值观的作用在于,当你处于人生十字路口的时候,帮助你选择正确的方向。大学毕业生正是世界观、人生观、价值观形成和巩固时期,因此必须注意学习和修养,形成稳固的正确的世界观、人生观、价值观。"三观"看似虚无缥缈的,但无时不在作用于人们的言行。只有正确的"三观",才能在你人生中的每一个十字路口,帮助你选择出正确的方向。人要想一辈子少犯错误、不犯错误,必须树立正确的世界观、人生观和价值观。

帮助他人,也是在帮助自己。支持他人,也是在支持自己。每一位干部都工作于同志、同事的氛围之中,很多工作都是群体性工作,如何摆布与同志的工作关系是十分重要的。我们的工作成绩往往是体现在集体的成绩之中的,因此帮助他人,也是在帮助自己。支持他人,也是在支持自己。同时,我们的工作常常是需要他人的帮助和支持的,因此,乐于帮助、支持他人工作,必将收获他人的帮助和支持。个例除外!

当一个集体中的每一个人都抱定争利的时候,团结自然失去。当一个集体中的每一人都宁愿吃亏的时候,团结自然形成。团结的氛围是十分重要的,于是有人就说团结出成绩、团结出干部、团结出友谊,等等。团结是一种风气、一种氛围,需要同一个集体中的人共同打造和维护。打造和维护团结最有效的方法是无私,是奉献。一个和谐团结的集体可能会有个别的自私者,一个不和谐团结的集体里必定多数人是自私者。

到基层锻炼,必须克服客人心理、短期行为。到基层锻炼可能并不是我们最终的目的,但时下必须有长期"作战"的心理,树立扎根基层的心态和形象。工作中的"客人"是十分尴尬的,也是很难得到锻炼的。不能把选调生当成包袱背在身上,要放下包袱,轻装上阵。不要指望组织的特殊关怀,没有特殊的关怀才能见到真正的风雨。

可能还有一些,但记忆深刻的就这么几条,拾遗而记,以备后用。

2014年8月15日

蒲 公 英

关于项目建设的思考

市里要开"看项目建设、促科学发展"会议，也是市委常委扩大会议，旨在促进大项目建设，加快黑河经济社会发展。我跑了三个县（区），算是打前站——踩点。三个县（区）跑下来，既受鼓舞，也有一些反思。

所说受鼓舞，就是各县（区）竞相发展、竞相上项目的态势已经形成。尽管这三个县区（爱辉、逊克、孙吴）资源情况不同，也都属于小型县区，但在加快项目建设上决心大、力度大，党政主官亲自上手抓项目，集中时间集中精力抓项目，而且组织了一批干部采取一条龙的方式包项目、抓推进，在推进项目建设上也舍得投入，效果是比较明显的，每个县都有新上项目，而且还有一批在建项目、推进项目，不少项目还属于产业化项目和技术含量比较高的项目。可以预见，未来几年黑河的项目建设会保持较好的发展势头。

所说也有一些反思，或叫思考，就是我们现在的项目建设还有一些值得注意的问题，或者说还存在着一些问题。记得市政府曾召开过一次类似的会议，我在会上也做了发言，总结了两点倾向性问题，一是产业化特征不明显，二是项目多，但规模不够大，并提出了做大产业、做大项目、做大基地、做深加工的农业产业化的发展思路。这次深入几个县区实地研究以后，觉得我们的思路应该是可行的，并且觉得还有一些问题需要我们注意和把握。

一是要处理好发展速度与发展质量的关系。作为欠发达地区,追求发展速度是第一位的,这是毋庸置疑的。但是我们已经到了可以实现速度和质量同步推进的阶段,我们就应该在加快发展速度的同时,更加注重发展质量问题,在项目的科技含量、项目建设的标准、项目建设的环境保护等等方面多下一些工夫,既实现高速度,又保持高质量。

二要处理好普遍发展与培育特色主导产业的关系。当前我们还处在发展的初级阶段,上一些见效快的项目是可以的,但从长远的发展看,我们必须从资源禀赋出发,培育县域经济主导的、大规模的、特色的产业。只有这样,我们才能经受住市场风险的冲击,保持稳定持久的发展。

三是要处理好经济发展与扩大就业的关系。大项目创造产值,中小企业安排就业,这是一般规律。我们要上大项目,同时也要注意上一些劳动密集型的项目。国家不仅出台了《就业促进法》,而且出台了《中小企业促进法》,目的就是安排就业。从稳定的角度看,从发展惠及民生的角度看,这一条都忽视不得。

四是要处理好谋划项目与推进项目的关系。项目谋划的方向关乎产业的发展方向,项目谋划的质量关乎项目推进的速度。推进项目建设必须首先做好项目的谋划工作,而且要把项目选准,把前期工作做深、做细、做透,让投资者选准项目就能开工、建设、投产。

五是要处理好推进项目建设与推进可持续发展的关系。注重资源开发的可持续性、注重产业发育的基地建设、注重建成项目的科学管理,让资源永续利用,让龙头企业有充足的原料,让建成的项目实现最大的效益。

六是处理好初级开发与深度开发的关系。凡是一个产业的发育都是从初级开发开始的,但要把产业做大,则必须不断地进行产品的深度开发。我们许多产业已经具备了深度开发的条件,所以必须有意识地引导企业进行深度开发,加强产品研发工作,搞好精深加工,拉长产业链条。

2008 年 10 月 17 日

蒲 公 英

不能再靠天吃饭了

  我们已经连续几年享受"自老山"的恩赐了,农民朋友得到了很多的实惠。今年我们的农民朋友是最希望,也是最需要"自老山"的,因为春旱夏涝、低温寡照等自然灾害,使我们的农作物总体上处于"晚熟"的状态,如果没有"自老山",大部分农作物要减产,有的可能面临绝产的危险。

  天公不作美,早霜还是降临了。我今天陪同省委巡视组赴嫩江巡视,一路上看到"绿油油"的大豆,心里有说不出的滋味。省里强调、市里要求、县里安排,大家都去落实抗早霜的措施,忙得不亦乐乎。会有一点点效果的,但总体上是杯水车薪,解决不了大问题。但是,这种负责任的精神还是值得大加称道的。

  黑河市是农业大市,人均土地面积大,但农业生产方法陈旧落后,基础设施十分简陋,基本上处于靠天吃饭的状态。气候条件好可以大丰收,农民喜笑颜开。气候条件不好,就会受灾,无论小灾、大灾,受害的总是农民。今年农民兄弟要吃苦了。

  气候不会总是好的,特别是我们对大自然的破坏已经十分严重了,不利的气候条件可能会越来越多。在这样大的环境之中,我们的农村工作,着力点应放在哪里,这是一个值得我们深思的问题。旱了我们去抗旱,涝了我们去排涝,霜降了我们去防冻,不仅总是跟着"老天爷"的脸色办事,而且能力有限,解决不了根本问题。其实,我们所做的很多工作都是不治本的措施,治本的措施是加强农业基础设施建设,建设旱涝保收田。以色列就不存在"抗"的问题,旱了能灌,涝了能排,低温能保护,年年大丰收。"北大仓"要多出粮食,就要加大对"北大仓"的投入,让"北大仓"旱涝保收。

面对忙碌于防早霜的乡村干部和县里的领导们,我好像看到了更加无奈的农民朋友的"苦笑"和内心的酸楚。

农业不能靠天吃饭,这个问题到了解决的时候了。

2009年9月25日

蒲公英

影视剧的品位和生命力

电影《萧红》在哈首映,我参加了首映式。影片拍得大气、细腻、感人,使我一个堂堂的男子汉也情不自禁地眼圈红了好几次。

前一段时间妻子在黑河,晚上大多无事,我在网上偶然看到了李幼斌主演的电视连续剧《师傅》,竟引得我连续几个晚上在电脑旁一集接一集地看,最后几集也让我情不自禁地流了好几次热泪。

我大概不是多愁善感的人,不会因为一点点的生动就流泪的,更何况是流了好几次泪呢。所以,电影《萧红》、电视剧《师傅》一定是十分生动的,一定是人间真情的生动再现的。

一部影视作品的成功与否,一个基本的标准是能够引起观众的共鸣,或者让大家能笑起来,或者能让大家哭出来。那些既无笑声,也不见眼泪的作品大概就难算是成功的了。

一部影视作品能让观众笑起来是很不容易的,但更不容易的却是让观众"哭出来",这大概和现实生活中的情形是一样的。现实生活中的笑料是很多的,只要一件事触动了你的笑感神经,你便会笑起来。即使没有什么事,捅一捅人的腋窝,也会让人大笑不止的。所以说,做喜剧片相对还算是比较容易的。但是,影视作品能让人流泪就很难了,那是需要感人的故事情节的。现实生活能让人感动得流泪的事情也并不常见,人被打而哭有时也不是因为疼,而是因为委曲。所以一般的影视作品是很难使人感动落泪的,就是悲情剧,不合情理的做作情节,也是不能引发真情共鸣而使观众落泪的。

影视作品是要让观众笑的,就是发挥娱乐功能。但是我觉得这是远远不够的,影视作品不仅要有娱乐作用,而且还要引导启发教育观众,让观众有所觉悟,有所感动。要做到这一点是十分不容易的,但是我们影视人是有这样的责任的,是应该有这样的追求的。我国已经成为数量上的影视大国了,但离影视强国还有很大的差距,其原因是我们的影视剧确实存在着粗制滥造的问题,出了大批既不能使人笑,又不能使人哭的作品,致使大批的影视作品得不到市场的回应就"入库"了。

当然,评价影视作品优劣的标准绝不仅仅是是否能让观众笑和哭,因为人们表达认同的方式也不会相同。有的影视剧看上几分钟,甚至几秒钟就不想再看下去了。有的看上一眼就想看完,看了一遍还想再看一遍。《地道战》《地雷战》我已经看了不知多少遍了,现在演我还想看。打开电视机看到播《亮剑》,很多人还能看进去,让人受教育、提精神,所以便有了品位和生命力。

我所谓"不仅要让观众笑,更重要的是让观众哭"的本意就在于此,就是让我们的影视作品更有品位,更有生命力。

2013 年 3 月 6 日

蒲公英

应该治治晚会热

　　1983年中央电视台(以下简称"央视")第一次推出大型综艺晚会——春节晚会(以下简称"春晚"),迅速在全国走红,并掀起了一浪高过一浪的晚会热。现在不仅央视搞春晚,省电视台搞晚会,地市电视台、县区电视台也搞晚会,甚至一些大的企事业单位或系统也搞春晚。除了春晚之外,不同层次还都在搞节日晚会、庆祝晚会、纪念晚会,几乎天天都有晚会。

　　央视春节晚会的作用确实是很大的,除夕夜会有几亿的观众,之后还有反反复复的重播、选播,给广大人民群众提供了高档次的文化产品。但是那些省级以下的春晚,特别是非春晚的晚会,则大都是受众十分有限的,有的甚至仅限于晚会现场的观众,可以说是劳民伤财,得不偿失的。现在搞一台晚会的现金成本大约县级几十万,地级上百万,省级上千万,央视近亿了。仔细算一算,全国搞晚会要烧掉多少人民币啊?

　　为什么办晚会的成本这么高,原因有二。一是舞美烧钱太多了,舞台越来越大,设施越来越多,宏大啊,新颖啊,光彩啊,变化啊,都是靠钱实现的;二是演员价格太高,一般演员几万元,当红明星几十万元,都是税后的,有的还只出"脸"不出力。唱一首歌就相当于一个小工厂一年的利润,实在是有点离谱。

这么高的成本能收回来吗？除了央视可以实现收回成本，其他的都难，地级以下的可以说也没想到收回成本这码事，完全是"公益"的。中央是不允许财政拿钱搞晚会的，举办方都是向企业筹的，企业大部分也是国企，还可以抵税，花的还是共产党的钱。所以说，搞晚会根本不是钱的事，而是一种习惯性动作，是一种图虚名的习惯性动作，甚至当成了一项工作任务，当成了一种工作方法了。

为什么会把办晚会当成一项工作任务，当成一种工作方法呢？原因是我们好大喜功，好搞形式主义。怎么体现过年过节啊？怎么体现对一项活动的重视啊？怎么体现对上级领导视察的重视啊？办个晚会既容易，又热闹，还能让领导受到尊重，博得领导的欢心，何乐而不为呢。当然，有些晚会是做给群众看的，我们也不能一概而论，但大多数还是以工作任务、工作方式来实现的。

我觉得晚会热是和领导的工作作风有联系的，晚会大都是做给领导的，领导都不去参加晚会，晚会马上就会少一大半。现在中央已明确要抓转变工作作风，虽然还没有明确不允许各级领导参加各类晚会，但连各类剪彩活动都不允许参加了，我觉得不允许参加晚会也就在情理之中了。

春节快到了，我觉得是应该治治晚会热了，把节省下来的钱用在举办一些群众性文化活动上来，用在排演一些群众喜爱的剧目上来，让老百姓分享文化发展成果，这，才是正事。

2012 年 12 月 27 日

蒲公英

国家电视台的公共责任

我们此行的主要目的是考察法国的电视产业发展情况。13日中午我们参观了法国国家电视台。

我们驱车前往国家电视台的途中，当地的联络人员向我们简单介绍了法国国家电视台的情况，知道了法国第一电视台并不是国家所有，是由国家电视台分出来并私有化了，在法国的影响力和市场占有率不亚于国家电视台。

说来也奇怪，堂堂的法国国家电视台居然没有一个庭院，坐落在一条不宽的小马路边上，也没有明显的入口标识，以至于司机把车开过去了，只好又绕了一圈重新找入口。

接待我们的是法国国家电视台国际部的一位负责人，典型的法国女性形象，大约四十多岁，热情、精明、干练，很有气质，也可以说很漂亮。她先在翻译的陪同下领着我们参观了电视台大楼，给我们的感觉是实用但不大气，现代但不豪华。我们参观的新闻直播间，可能只相当于我们发达地区地市级电视台的水平，包括装修，也包括设备。

在一个不足20平方米的小会议室里，她向我们详细介绍了国家电视台的情况，也回答了我们提出的一些问题。尽管她对国家电视台的许多情况都介绍、回答得很清楚，但对她不知道国家电视台的建筑面积，我还是感到十分惊讶的。

20世纪60年代，法国成立了第一家电视台，70年代分为7个部分，实际上相当于七个台。后来市场放开，法国第一电视台私有化，其余6个台联合组建了国家电视集团，包括2台、3台、4台、5台、教育台和国际台。后来又成立了参院电视台、众院电视台。

法国各省不独立设电视台，是由国家电视台在各省设分部，各省只能服务不能管理、只能利用不能干预，享有比较完整的独立权利。这种体制的优点是，新闻自由。

法国电视台归法国国家电信局管理，当前法国电视集团的总裁由总统任命，下步很快将改由电信局任命。

各地设立电视台依法由电信管理局批准，无论是政府的，还是私立的，都要经过批准才能设立。

萨科齐总统曾决定取消国家电视台广告播出，现在是晚8点以后不准播广告，2013年末其他时间也不准播广告，给电视集团经营造成很大的困难。

法国电视集团每年的经营费用大约30亿欧元，其中国家投入的包括每户征收电视使用税100多欧元，取消广告后国家征收的手机、网络使用税返给电视集团一部分（大约两亿多欧元），其他的是自己经营创收的，主要依靠节目制作和新媒体业务开发。其中新媒体业务发展很快。

由于私立电视台的存在，法国国家电视集团面临的竞争压力和生存压力都很大。法国第一电视台的市场份额已经达到20%，而国家电视集团的市场份额只占30%左右。

为了应对挑战，更好地生存，国家电视台提出了质量制胜的理念，强调优质服务，并积极推进电视节目多样化。

国家电视台每年制作节目5万多小时，其中有一批有特色的节目实现国内外交流，提高了国家电视台的竞争能力。现在国家2台（综合台）的市场份额已经和私立的法国一台不相上下。这足以证明，符合公共服

蒲 公 英

务原则的节目也能够吸引受众,提高收视率。

法国电视集团作为公立电视媒体,虽然是企业化运营,但是也必须承担公共服务责任,而且这种责任是由国家与电视集团签订的法律协议约定的。为了承担公共责任,集团内部也制定了相应的规定,在制度层面上保证公共责任的落实。

除此之外,他们认为这种责任有历史继承性,承担公共责任是国家电视台的传统,这种传统的延续和发扬强化了电视台员工的国家意识和公共意识,也成为一种行为准则。我觉得这一条比什么都重要。

法国的电视节目是由电信部门负责传送的,已经实现了三网融合。在考察中,我们比较关注的几个问题大体上都有了答案。

一是广告问题。作为国家电视台不能过度市场化,对广告应该严格控制。但是萨科齐总统的做法也有些极端,不仅给电视台经营带来困难,也不利于推动经济的发展。据说新任总统将做出调整,同意适当播出广告。这个适当就是要找一个平衡点,即保证受众的收视权益和提高经济效益的平衡点。要掌握这个平衡,首要的问题还是限制和减少广告的问题。

二是公共责任问题。国家电视台即使是企业,其经营也不能完全市场化。电视台是一个特殊的企业,既要追求经济效益,更要追求社会效益,承担起公共责任。社会效益和经济效益不能交换,必须在追求社会效益、承担公共责任的基础上追求经济效益,这应该成为电视行业的核心理念、行业文化,同时也要以法律的形式约定下来。

三是竞争力问题。不能简单地说追求社会效益就会降低收视率,法国 2 台(国家)目前与法国 1 台(私营)在市场份额上不相上下,靠的是节目多样化和节目品质的提高。国家电视集团组建了电视观众俱乐部,经常开展活动,收集意见和建议,对提高竞争力起到了很大的作用。

四是生存问题。承担公共责任必定会增加成本,减少收入。因此,国家应对此给予补贴,保证其在承担社会责任的同时能够正常运营,保证员工的利益不受损失。国家电视台可以经营，但不能完全靠经营收入维持自身运营，可以确定适当的经营收入目标，不足部分由财政给予补贴。对于盈利能力弱的基层电视台，应加大财政补贴力度，以至全由财政供养。

2012 年 6 月 14 日

蒲 公 英

日内瓦电视台印象

今天我们驱车从巴黎到日内瓦，去考察日内瓦电视台，这是一座私营电视台，但也是瑞士日内瓦市境内的唯一电视台，从某种意义上讲，它也是日内瓦市电视台。

电视台设在一个大型商场里，翻译领着我们东转西转，好不容易才找到一个通入电视台的门。门紧闭着，没有任何电视台的标识和标志。进门后穿过一段走廊，我们看到了一台正在播放节目的电视机，我们找到了日内瓦电视台。

在一个面积不大，又显得零乱的办公室里，台长热情地接待了我们，并把我们引到一处露台上，露台上摆了一个长条桌，撑着遮阳伞，桌上摆着几盒点心，工作人员又送来了咖啡和水。于是我们在这样一个清凉的环境中开始了愉快的交流。台长对我们的来访很高兴，并详细地介绍了电视台的情况。

日内瓦电视台一共只有28名员工，而且没有外聘人员，这使我们既惊讶，又疑惑。

电视台每天自制两个小时的节目，间隔式多次播出。这两个小时的节目，包括新闻、体育、社会等内容。一共28名员工，每天要自制120分钟的节目，人均工作量很大，大约应该是我们的4倍，因为我们大约每自制 1 分钟的节目需要一名员工，120 分钟的自制节目是需要 120 名员工的。

台长告诉我们，他们每一位员工都是多面手，搞技术的也制作节目，也当记者。编辑也做节目制作，也当主持人。

电视台接受联邦主管部门的管理，联邦规定每一小时电视节目之中不能超过 12 分钟的广告。电视台播什么、做什么节目主管部门不管，基本上是自由的。

我一直关注私立电视台如何承担公共责任问题，因为日内瓦市就这么一个电视台。但是，关于这个问题我并没有得到十分准确的回答，只是零星地有了一些印象。

在瑞士，政府向电视用户征收电视使用税，每户每年三四百瑞士法郎，其中一小部分用来补贴私立电视台，且不是平均分配，经营好、工作量小的少补，经营困难、工作量大的多补。我觉得这是对电视台经济和社会双重属性的一种认定，对其所承担的公共职能的一种补偿。

瑞士共有 26 个州，由 15 家私立电视台承担着 26 个州的新闻宣传职能，也就是说各州政府的新闻宣传职能是由这些私立电视台去组织实施的，地方政府坐享其成，大概一些政府主导的新闻宣传是要支付成本的。

尽管政府对电视台的宣传、播出内容并不干涉，但是电视台是要遵守法律和社会公德的。他们是新闻自由的，也搞"新闻监督"，但给我的感觉是他们更注重受众普遍关注的问题，并没有专门监督类节目，似乎也并不怎么乐道于此。

台长领着我们参观了他们的办公场所，似乎显得寒酸了一些，与经济高度发达不相适应。二十几个人挤在一个一百多平方米的空间内，没有间隔，完全敞开的，只是有区域性的分工。另外有两个小小的节目制作间，在一个十来平方米的节目制作间里还辟有一个不足一米的小"舞台"，用来做一些文艺专题节目。

日内瓦电视台每年的经营收入在 360 万瑞士法郎左右，政府补贴数

蒲 公 英

量台长一直没正面报告,但他说是十五个私立电视台最多的,大约会在300万欧元以上,因此他们的资金是比较宽裕的。这一点,我从台长的言语表情上都能看得出来。

　　日内瓦电视台是私立的,但是似乎他们是"公立"的,因为我没有感觉到他们的理念、做法与法国国家电视台有什么明显的不同。

2012年6月15日

杂 谈

旅游热漫议

今年"十一"长假期间,国务院有关部门出台文件,高速公路对七人以下小型车免费,大大地刺激了自驾游,不仅出现了高速公路拥堵的现象,也出现了景区人满为患的问题。

局机关的一位处长节日期间带儿子去北京转转,结果是故宫、八达岭等最重要的景区都没有去成,那里的人摩肩接踵,根本就无法参观。更有甚者,因人满为患,九寨沟一万余人被困在山上,好在没出现大的问题。

中国人现在比较富裕了,很多人已经有能力支付旅游成本了,旅游也就成了节假日的主要活动。事实上,你不出台刺激政策,大家也会去旅游,而且已经造成景区超负荷了。出台这样的优惠政策初衷是好的,但却没有考虑政策执行的效果。你看看整个"十一"长假期间关于旅游的新闻报道都是什么?都是有关拥挤的啊!

现在,在节假日出去旅游就是一件遭罪的事,一切都是一个"难"字,哪还有心思去欣赏美景啊。所以我是不选择节假日去旅游的,就在家好了,图个家人团圆,朋友相聚,不亦乐乎。

如果真的在节假日去旅游,我觉得也不一定选择那些著名的景区,那里一定是人满为患的。要去也去那些风景同样很好,但却尚未成为著名景区的地方,不是打时间差,是打"地域差",逆常人之为而动,收效一定会很好的。"十一"期间,我在黑河接待了老厅长一家人,他们选取的旅游路线是哈尔滨——黑河——伊春——哈尔滨。这是聪明之举,是不会遇到任何困难和麻烦的。

其实,我们是有带薪休假制度的,大家可以在自己觉得合适的时间休假旅游,避开旅游高峰,打个时间差。但是这项政策执行得不好,还没有形成自觉,不是大家不想休假,而是没有形成休假的氛围。要执行好这项制度,目前是需要组织"强制"的,按照工作规律和职工个人意愿,制订好休假计划,"强迫"大家去休假。只有这样,大家才可以心安理得地休假,既可以选择自己最喜欢的著名景区去旅游,也不会遭受拥挤之苦,而且可能还会享受到打折的门票呢。

现在的旅游热实际上也刺激了地方党政领导们抓旅游产业发展的积极性,不管条件如何都想"大力"发展旅游产业。这大概也是无可厚非的,因为旅游就是人们从自己熟悉的地方到自己不熟悉的地方去看一看,去体验体验。所以任何地方对于外来人来说都是不熟悉的地方,都是可以吸引人来旅游的。

但是,开发旅游产业是有前提条件和预期目的的,是要进行一番科学的论证的,是要对本地的旅游资源做出科学的评估的,哪些是旅游资源,主要吸引力是什么,开发的投入产出比怎样,近期和远期目标如何,等等,都要有一个科学的结论,不能靠拍脑门。

旅游资源是讲究独特性的,不是你认为好就会有人愿意来看的。有些比较常见的自然风光到处都是,尽管你的也很好,但在他那里能看到的话,他何必还要跑很远的路,花很多的钱,费很多的时间到你这里来看呢。有人说可以包装啊,打造自己的特色嘛。是的,旅游资源是可以开发的,通过包装打造自己的特色,但是这个包装打造的过程是一个文化艺术的再造过程,弄不好就是画蛇添足,弄巧成拙。事实上,很多包装打造的景点景区都是不成功的,不伦不类,品质低下,反而不如原生态的、原汁原味的有味道,有意境。

任何一个景点景区都必须对游客有足够的吸引力,要有知名度,有特殊的内容和独特的魅力,还要有可进入性,开发成本要低,投入产出比要是正数,等等。吸引力是一个综合指标,当然核心指标还是景区内涵的独特魅力。事实上,一个景区的独特魅力大都不是后天形成或近期打造的,而是先天就有或者历史形成的。景观是自然的好,文化是历史的好,一座崭新的城市只有鲜亮的外表,只可悦目,不可赏心,有时可能还不如一幢古色古香而又承载历史文化的小楼更有魅力。所以有些游客每到一地都要寻找那些上了岁数的建筑,而对那些鲜亮的高楼大厦只是远远地望上一眼,发声感叹而已。

　　也不是人为打造的景观都没有独特魅力,这就要看创意的品位了,也要看投入的大小了。美国拉斯维加斯的景观都是人为打造的,很多被世界各地所效仿,有品位、有特色、有吸引力。但如果仅仅是这种人为打造的景区景点也不可能吸引那么多的游客,拉斯维加斯吸引游客的是"赌",人为打造的景点景区只是一种有益的补充而已。深圳的世界之窗、锦绣中华景区是十分成功的,但是它的成功是因为借用了世界的和华夏的著名文化成果,而非自我创造。

　　现在的许多党政官员在打造景区景点上是舍得花钱的,动辄投入几千万、几亿、几十亿,有的成功了,有的可能就失败了。大凡成功的一定会有文化的支撑,辽宁鞍山玉佛苑就是一个成功的例证。同在辽宁,抚顺投巨资建造了一个"生命之环",既没有实用价值,也没有文化内涵,只有一种"不被人解释,便不被人理解"的"理念"而已。相信短期内"生命之环"是收不到什么实际效果的,也不会对抚顺的旅游业带来足够的拉动力。"生命之环"是否有生命尚是一个未知数。

　　景区的可进入性是一个重要的指标,游客进去很困难,就不可能达到游人如织的程度。所以,修好通往景区景点的路至关重要,这方面是值得大投入的。修路也要注意不能破坏了自然景观的自然性,有些景区的路是很"扎眼"的。最好的自然风光照大都是没有路在里面的,甚至连人文的景观都很少见到的。所以,在自然风光景区建人文景观是要认真研究的,要建也要和自然风光浑然天成。

搞旅游产业开发,光有热情是远远不够的。这些年来,各地在旅游开发上是走了不少弯路的,前人建,后人拆的情况很多。特别是有些地方为了创造城市的良好形象,"大胆"地拆了许多建筑,其中不少是文物,是独具特色的建筑,是可以作为旅游资源加以利用的,比新建的更有价值。所以,在大刀阔斧地拆的时候,千万要对那些有价值的建筑慎之又慎啊,要手下留情啊!

胡乱地议论了半天,主要的意思是发展旅游要有热情,更要有理性,不是所有的地方都能成为旅游胜地的。旅游是可以热的,但头脑不能"热",要理性,还是要理性!

2012 年 11 月 14 日

杂 谈

闲话旅游发展

　　旅游和文化是密不可分的,也许是因为我当过几年的宣传部长,所以我一直以来都对旅游是比较热心的。我记得刚当上宣传部长的时候,就曾主持召开过旅游纪念品开发的研讨会。现在细想起来,似乎是工作有些"越界"了。但是,我之所以能够做出这样越界的事情来,恐怕还是文化与旅游的基因和关联等因素起的主导作用。

　　旅游的定义是外出旅行和游览,旅行的定义是到外地(远行)办事或游览,游览的定义是从容地到各处参观,欣赏名胜和风景等。综合地解释一下旅游的内涵应该包括以下三点。

　　一是远行到外地,而不是家门口,在家门口的就是野游了;二是从容地行走,有休闲、享乐的意思,不能是急三火四的,那就叫"浏览"了;三是欣赏名胜、风景等,没有"欣赏"的过程,就不是真正意义上的旅游。

　　但是,这时可能还算不上产生了旅游产业,只是人们的一种生活方式而已,没有组织、没有产品、没有交易。只是到了旅游的人数达到了一定的规模以后,聪明的商人发现了可以赚钱的商机了,便有了景区的管理、开发、经营,有了旅游产品的生产和营销,旅游才变成一种产业。事实上,我们现代人又把旅游产业扩大化了,把和旅游相关的许多产业都囊括进来了,集吃住行游购娱六大产业于一体。这还不全,还包括文化产业的一

蒲 公 英

大部分也在其中,博物馆、展览馆、演艺业等都在旅游产业之中。正是由于其过广的涵盖面,也造成了旅游是产业,又无产业规范统计方法的现实问题。我们所说的旅游产业产值基本是一个估计数,谁能算出来在饭店吃饭的人,哪些是外地来旅游的,哪些是亲朋好友聚会的?

世界的旅游起源于何时,我没有考究过,但国人的旅游热兴起我是亲身经历的。如果说一个明确的时间,这需要专业的统计做支撑,如果说一个概念,我觉得是和改革开放同生的,是与经济发展同步的。

1987年,黑河口岸开放,赴苏一日游开通,黑河的江堤上都站满了无处过夜的游人。改革开放三十多年来,中国经济一路高歌,人们的口袋鼓了起来,旅游便成了人们生活中的重要内容,交通拥堵,景区爆满,"十一"小长假期间,北京八达岭长城上的人就像"装豆包"一样,一个挨着一个。

中国经济发展成就举世瞩目,不可否认。但中国经济发展的方式不科学、结构不合理的问题也是现实存在的,不可否认的。那么,与经济发展同步的旅游业,似乎也是可以做如是说的。

中国经济发展出现问题的根本原因是单一利益观点造成的,是对经济活动负面性管控不力或失控造成的。旅游的发展比经济发展的问题相对更复杂一些,不仅有盲目发展和过度发展的问题,而且还有畸形发展的问题。所谓盲目发展,就是不管具备不具备条件,大家都在发展旅游,导致许多地方的旅游业投入产出比严重失衡;所谓过度发展,就是不考虑景区的承受能力,一味追求游客数量的扩张,造成对景区资源(自然环境、人文景观)的严重破坏;所谓畸形发展,就是自然风光景区的人文"垃圾"污染,就是人文景区的文化和历史缺失,使景区像畸形儿一样,缺少了美感。

我在爱辉当书记的时候,到新生鄂伦春乡调研,乡里就提出要发展民俗旅游。从一般意义上讲,鄂伦春民族是从原始社会一步进入现代社会的,保留着最原始、最纯粹的民俗,也构成了对人们好奇心的刺激性,具有发展旅游业的文化条件。但是,当时我觉得这里发展民俗旅游有难度,起码还没到发展旅游产业的时候。难在哪儿？一是可进入性差。黑河就属于边远地区了，新生乡离黑河还有90多公里的路程，而且山路弯弯的；二是规模支撑力弱。

关于鄂伦春民族的历史记载不多，民俗文化相对简陋粗放，形不成经济规模，也发展不成规模经济。由于这两条因素的限制，一些类似的地方搞不了旅游业，硬上也是很难发展起来的。现在全国到处都在建设旅游景区，不知有没有人做过统计，能靠门票收入生存的能占到景区的多大比例？如果有统计的话，我敢肯定，这个数据是很难看的一个数据。这个难看的数据是怎么形成的呢，我认为是由当地政府主导形成的，要么是政府直接投入的，要么是政府优惠政策促成的。政府做这件事，一是一厢情愿盲目发展；二是做个样子让上级领导看，不管是否能赚钱，存在就是"硬道理"。

我到过国内的一些景区，好一点的都是历史形成的，那些新建的景区多数不尽如人意，很多新建的景区就是粗制滥造，没品位、没文化、没历史，很难构成对游客的吸引力。特别是在自然风光景区中人为增加的景观，大都是有煞风景的。为什么造成这样的问题呢？原因恐怕出在长官意志上。我们有些领导同志并没有景区建设方面的专业知识，也缺少文化和历史知识，但却在景区建设上独断专行，留下遗憾的"作品"。我觉得，要开发旅游产品，当代人能做得好的不是自己要去做什么，而是挖掘历史文化、自然风光的潜在价值，把人们向往的历史文化、自然风光便捷地展示给广大游客。那些当代人自己创造的景区，很难突破当代人的思维定式、文化品格，也无法超越历史和自然，大都只能是浮光掠影，昙花一现而已。

旅游产品的开发是一个系统性的工作，必须有足够的内容留住游客的时间，那些成功的单一性的景区也必然是规模宏大的，而那些能够留住大众游客的内容基本上是历史的或自然的，是历史文化的沉淀，是大自然的造化。总之是超越了我们当代人的能为之力的。

可能有人会说，那些历史的沉淀不也是历史的当代人的创作吗？这话没错。但是，那些历史的沉淀都是杰作，是被一代一代人认可并承载着文化的杰作。其中很多大家趋之若鹜的世界著名建筑，都不是按旅游"景点"设计建造的。比如埃菲尔铁塔，那还是为世博会建设的"临建"呢。我们当代人的创作在很远的未来有的也会成为历史的沉淀，承载着历史和文化，受到后人的膜拜，但在当代就成为"杰作"是很难做得到的。所以，我一直是对城市建设中的大拆大建不以为然的，那一座座崭新的城市，就像绣花枕头一样，花哨而轻浮，而那些历史文化厚重的建筑大都被拆掉了。从某种意义上讲，拆除历史的老建筑，就等于拆除城市的历史。

人类和自然既是共生体，又似乎是一对矛盾。人们离不开自然，喜欢自然，但也在破坏自然，凡是人类集聚的地方，自然环境都遭到了无情的破坏。因此，完整优美的自然景观大部分都远离大中城市而在边远地带，更有"佳境在险远"之说。

人们对于自然景观的需求基本是在自然之上的，自然的美才能是纯粹的美。点缀在自然之美之中的人文的美，要么应该是升华自然的美，要么应该是展示自然的美，要么应该是融入自然的美，否则就是破坏自然的美，抹杀自然的美了。

对于自然景区，我觉得人们要做的主要是提高可进入性、增加可认知性、拓展可融合性，这些就足够了。你觉得在森林公园里造一块塑料"草坪"怎么样？我真见到过，但不知这个决策是怎么做出来的。

人文景观也好，自然景观也好，总是会有人参观的。但是有多少人来参观，参观的人从哪里来？是什么年龄、什么职业的人来参观？这些问题都是必须回答好的，也是景区开发建设必须首先研究的根本性问题，实际上就是市场调查、市场预测和市场细分等市场研究。

当然，市场是可以开发培育的，但是如果产品根本就不适销对路，或者缺乏品质价格比较优势，无论如何去营销也是很难扩大市场份额的。大家都有的旅游产品，就很难打开外埠市场，只有具有独特性的高品质的旅游产品才有可能形成对域外市场的吸引力,营销才可能收到良好的效果。

经济发展了,人们富裕了,旅游市场膨胀了。但是,发展旅游,还是需要科学理性,还是需要遵循规律。

2014 年 6 月 25 日

蒲公英

留得住的乡愁

　　城镇化已经成为当今中国的一种发展趋势,势不可当。不论是大城市,还是中小城市,都在大规模地建设,整个中国到处都是塔吊林立,到处都是建筑工地。城市面貌真的是日新月异,用"一年一个样"来形容似乎也不为过似的。

　　但是,在这种类似于跨越式的城市扩张之中,那种急功近利的思想支配了大拆大建行为。为了降低开发建设成本、增加效益,一些老城区的老建筑几乎都被拆除了,甚至有些文物保护建筑也被拆除了。于是,经过一系列的拆建以后,城市便脱胎换骨了,也整容换颜了,也由于当代人的共同文化取向而千城一面,千篇一律了。那些拆除的不仅仅是老的建筑,而且是城市的历史,城市的文脉。而对于那些游子来说,拆除的是记忆,是乡愁!值得庆幸的是,习近平总书记在讲话中明确地提出了一个发人深省的新要求,那就是要"留得住乡愁"。乡愁肯定不是一般意义上的思念家乡的忧愁心情,也不是余光中诗中的邮票、船票的儿女情长,而是一种文化的传承,一种历史的记忆,一种乡情的归宿,归根到底是一种历史的责任,留住民族的根。

　　新启动的城镇化是与农村改革发展紧密相连的,是农村的城镇化,这将意味着距离农村最近的县城和中心镇的快速扩张。这些地方实际上也已经拆了不少了,但毕竟还有不少能留得住乡愁的东西在。这些东西在开发商的眼里是不值钱的,但是留下来就等于留住了历史、留住了文化,留住了乡情的寄托,这是不能用金钱去衡量的,也是用金钱难以复制的。

在欧洲的许多小城镇里,我们不仅可以找到古老的建筑,关键的是可以感受到小城镇的独特魅力,自然宁静,和谐宜居,不似大都市那样拥挤,喧闹和压抑。我们此前的小城镇建设似乎并没有在意小城镇的这些好处,反而喜欢起了大城市的风格,楼越建越高、越建越密,街道越建越宽、越建越直,色彩越建越鲜艳、越建越刺眼,不断地抹去小城镇的特色。当小城镇也都像大都市一样的风格以后,乡愁就可以彻底地丢掉了。

前一段时间,赵光的一帮老乡在一起聚会,年龄相仿,便都不约而同地回忆起记忆深处的乡情来,每说到一个有代表性的建筑都能博得大家的热烈反应。可惜的是,能留得住乡愁的东西大都也已经拆除了。记得一位朋友说,他已不愿意回去了,人没几个认识的,建筑没几个认识的,找不到家乡的感觉了,回去也是枉然。

我在赵光是生活了二十来年的,虽不生于斯,却长于斯,乡愁记忆是始终于斯的,所以赵光也是可以算是我"实质上"的第一故乡。我曾按照我记忆中的赵光农场编了一个"赵光八景",并用一篇小文记述下来,其中几个尚在,几个拆除。不知没拆的还能保存多久?也不知拆了的能否恢复?

我觉得,现在的规划建设的决策者们如果想使未来的城市化能留得住乡愁,是不妨访一访老者的,倾听他们的故事和心声,择其普遍共鸣之处,或保留或复建,总之是让人们能有所寄托,能有所留恋,久而久之,这座小城便就有了特色,便是可以留得住乡愁了。

总书记出了一个题目,不知道我们的决策者们是否理解了题意?即使理解了题意,也不知是否能用一种历史使命感去答好这道题?我们拭目以待吧!

2014 年 1 月 27 日